◎价值观故事书系◎

实干

栾传大 主编

孙浩宇 杨一凡 编著

吉林文史出版社

图书在版编目（CIP）数据

实干/栾传大编著.—长春:吉林文史出版社,2014.7〔2023.4重印〕
（价值观故事书系）
ISBN978-7-5472-2257-7

Ⅰ.①实… Ⅱ.①栾… Ⅲ.①品德教育－中国－通俗读物 Ⅳ.①D648-49

中国版本图书馆CIP数据核字(2014)第147113号

丛 书 名 价值观故事书系

SHIGAN
书 名 **实 干**

编 著 栾传大
责任编辑 张雅婷
装帧设计 博雅工作室
出版发行 吉林文史出版社有限责任公司
地 址 长春市福祉大路5788号
印 刷 天津市天玺印务有限公司
开 本 690mm×960mm 1/16
印 张 10
字 数 250千
版 次 2014年7月第1版
印 次 2023年4月第5次印刷
书 号 ISBN 978-7-5472-2257-7
定 价 38.00元

序

　　价值观是指一个人对周围的客观事物的意义、重要性的总评价和总看法。价值观深刻影响着每个社会成员的思想观念、思维方式、行为规范，是人们思想上精神上的灵魂旗帜。

　　现在，思想领域日趋多元、多样、多变，各种思潮此起彼伏，各种观念交相杂陈，不同价值取向同时并存，所有这些表现出来的是具体利益、观念观点之争，但折射出来的是价值观的分歧。历史和现实一再表明，只有建立共同的价值目标，一个国家和民族才会有赖以维系的精神纽带，才会有统一的意志和行动，才能产生强大的凝聚力、向心力。实现中华民族伟大复兴，是中华民族近代以来最伟大的梦想。伟大的梦想，需要有正确的价值观做支撑。这是我们凝心聚力的兴国之魂、强国之魂。

　　价值观属于文化的范畴，不可能脱离特定的历史文化传统。我们的价值观必须扎根于中华历史文化土壤，传承中国传统价值的精华。核心价值观一定是在一个国家、民族长期发展中孕育形成的，反映着这个国家、民族的文化积淀、思想结晶。提炼、概括社会主义核心价值观，必须把传统价值观念作为基本的价值资源，赋予其符合时代要求的新内涵、新诠释，在具体表述上也要尽可能体现中华文化特色，使社会主义核心价值观烙上中华文化的精神印记，展示出浑厚深沉的历史韵味和中国气派。

　　本书系分为《富强》《文明》《和谐》《公正》《法制》《爱国》《敬业》《诚信》《友善》《勤学》《清廉》《修身》《智慧》《勇敢》《求是》《志趣》《荣辱》《民主》《自由》《实干》等20个部分，是从党的"十八大报告"中概括社会主义核心价值观的十二个关键词的基础上发展而来的。选取了中华文明史上的经典故事，对价值观的各个方面做出了形象生动的阐释。故事中蕴含着高尚的民族情感、崇高的民族气节、良好的民族品质。充分体现了中华民族在处理人与自然、人与社会、人与他人之间关系的基本价值观。既高度概括，简洁明快，又深入浅出，喜闻乐见；既亲切入理，凝聚共识，又符合历史，合乎实践。我们希望本书系能够产生友善的亲和力、广泛的感召力、强大的凝聚力和持久的引导力，为每个社会成员树立正确的价值观贡献一份绵薄之力。

编　者

目　录

人类始祖，再造乾坤

　　女娲，是我国神话传说中的人类始祖，她抟泥造人、炼石补天，是中国传统文化中最勇敢、最具创造精神的伟大女神。

　　天地鸿蒙，过了一段日子，世界有了日月星辰、山川草木，有了光明，有了生命，而那剩留在天地间的元气又慢慢化作鸟兽虫鱼，一切开始变得灵动起来。女娲在莽莽榛榛的原野上行走着，她放眼四望，山岭起伏，江河奔流，丛林茂密，草木争辉，天上百鸟飞鸣，地上群兽奔驰，水中鱼儿嬉戏，草中虫豸跳跃，按说这世界已经相当美丽了。但是她总觉得有种说不出的寂寞和孤单。她与山川草木诉说心中的烦躁，山川草木根本不懂她的话；对虫鱼鸟兽倾吐心事，虫鱼鸟兽哪能了解她的苦恼。她颓然坐在一个池塘旁边，茫然对池塘中自己的影子。忽然一片树叶飘落池中，静止的池水泛起了小小的涟漪，使她的影子也微微晃动起来。她突然觉得心头的死结解开了，是呀！为什么她会有那种说不出的孤寂感？原来是世界缺少一种像她一样的生命！想到这儿，她马上用手在池边挖了些泥土，和上水，照着自己的影子捏起来。她感到好高兴！

　　捏着捏着，女娲捏成了一个小小的东西，模样与自己一样，也有五官七窍，双手两脚。捏好后往地上一放，吹口气，居然活了起来。女娲一见，满心欢喜，接着又捏了许多。她把这些小东西叫作"人"！这些"人"是仿照神的模样造出来的，气概举动自然与别的生物不同，居然会叽叽喳喳讲起和女娲一样的话来。他们在女娲身旁欢呼雀跃了一阵，慢慢走散了！

　　女娲那寂寞的心一下子热乎起来，她想把世界变得热热闹闹，让世界

到处都有她亲手造出来的人，于是不停地工作，捏了一个又一个。但是世界毕竟太大了，她工作了很久，双手都捏得麻木了，捏出的小人分布在大地上仍然太稀少。她想这样下去不行，就顺手从附近折下一条藤蔓，伸入泥潭，蘸上泥浆向地上挥洒。结果点点泥浆变成一个个小人，与用手捏成的模样相似，这一来速度就快多了。女娲见新方法奏了效，越洒越起劲，大地就到处有了人！

当人类繁衍起来后，忽然水神共工和火神祝融打起仗来，他们从天上一直打到地下，闹得到处不宁。结果祝融打胜了，但失败的共工不服，一怒之下，把头撞向不周山。不周山崩裂了，支撑天地之间的大柱断折了，天倒下了半边，出现了一个大窟窿，地也陷成一道道大裂纹，山林烧起了大火，洪水从地底下喷涌出来，龙蛇猛兽也出来吞食人民。人类面临着空前的大灾难。

女娲目睹人类遭到如此奇祸，感到无比痛苦，于是决心补天，以终止这场灾难。她选用各种各样的五色石子，架起火将它们熔化成浆，用这种石浆将天上的窟窿补好，随后又斩下一只大龟的四脚，当作四根柱子把倒塌的半边天支起来。女娲还擒杀了残害人民的黑龙，刹住了龙蛇的嚣张气焰。最后为了堵住洪水不再漫流，女娲还收集了大量芦草，把它们烧成灰，堵塞住大地上四处奔涌的洪流。

经过女娲的辛苦拯救，苍天总算补上了，大地填平了，洪水止住了，龙蛇猛兽渐渐绝迹了，人民又重新过着安乐的生活。但是这场特大的灾祸毕竟留下了痕迹。从此天还是有些向西北倾斜，因此太阳、月亮和众星辰都很自然地归向西方，又因为地向东南塌陷，所以一切江河都往那里汇流。

女娲再一次用自己的勤劳和智慧恢复了人们正常的生活秩序，作为中华民族的人文初祖，她用博大的爱给我们注入了踏实肯干的品格基因。

披荆斩棘，农医之祖

中华民族是典型的农耕文明，而创造这一文明的始祖就是神农氏。传说中正是神农身先士卒，不怕牺牲，带领人们历经艰辛，才换来了先民们有地可种、有药可医的正常生活。

传说上古时，五谷和杂草长在一起，药物和百花开在一起，哪些粮食可以吃，哪些草药可以治病，谁也分不清。人们靠渔猎过日子，天上的飞禽、地下的走兽、水里的鱼类越打越少，人们就只好饿肚子。谁要生疮害病，无医无药，不死也要脱层皮啊！

老百姓的疾苦，神农氏瞧在眼里，疼在心头。怎样给百姓充饥？怎样为百姓治病？神农苦思冥想了三天三夜，终于想出了一个办法。

第四天，他带着一批臣民，从家乡随州历山出发，向西北大山走去。他们走得腿肿了，脚起茧了，还是不停地走，整整走了七七四十九天，来到一个地方。只见高山一峰接一峰，峡谷一条连一条，山上长满奇花异草，大老远就闻到了香气。神农他们正往前走，突然从峡谷窜出来一群狼虫虎豹，把他们团团围住。神农马上带领臣民们挥舞神鞭，向野兽们打去。七天七夜过去，野兽终于都被赶跑了。那些虎豹蟒蛇身上被神鞭抽出一道道伤痕，后来就变成了皮上的斑纹。

臣民们看这里太险恶，都劝神农回去。神农摇摇头说："不能回！百姓饿了没吃的，病了没医的，我们怎么能回去呢！"说着他领头扎进峡谷，来到一座大山脚下。

这山半截插在云彩里，四面是刀切崖，崖上挂着瀑布，长着青苔，溜

光水滑，看来没有登天的梯子是上不去的。臣民们又劝他算了吧，还是趁早回去。神农摇摇头："不能回！百姓饿了没吃的，病了没医的，我们怎么能回去呢！"他站在一个小石山上，对着高山，上望望，下看看，左瞅瞅，右瞄瞄，打主意，想办法。后来，人们就把他站的这座小山峰叫"望农亭"。然后，他看见几只金丝猴，顺着高悬的古藤和横倒在崖腰的朽木，爬过来。神农灵机一动，有了！他当下把臣民们喊来，叫他们砍木杆，割藤条，靠着山崖搭成架子，一天搭上一层，从春天搭到夏天，从秋天搭到冬天，不管刮风下雨，还是飞雪结冰，从来不停工。整整搭了一年，搭了三百六十层，才搭到山顶。传说，后来人们盖房用脚手架，就是学习神农的办法。

神农带着臣民，攀登木架，上了山顶了，嘿呀！山上真是花草的世界，红的、绿的、白的、黄的，各色各样，密密丛丛。神农喜欢极了，他叫臣民们防着狼虫虎豹，他亲自采摘花草，放到嘴里尝。为了在这里尝百草，为老百姓找吃的，找医药，神农就叫臣民在山上栽了几排冷杉，当作城墙防野兽，在墙内盖茅屋居住。后来，人们就把神农住的地方叫"木城"。

白天，他领着臣民到山上尝百草，晚上，他叫臣民生起篝火，他就着火光把它详细记载下来：哪些草是苦的，哪些热，哪些凉，哪些能充饥，哪些能医病，都写得清清楚楚。

有一次，他把一棵草放到嘴里一尝，霎时天旋地转，一头栽倒。臣民们慌忙扶他坐起，他明白自己中了毒，可是已经不会说话了，只好用最后一点力气，指着面前一棵红亮亮的灵芝草，又指指自己的嘴巴。臣民们慌忙把那红灵芝放到嘴里嚼嚼，喂到他嘴里。神农吃了灵芝草，毒气解了，头不昏了，会说话了。从此，人们都说灵芝草能起死回生。就这样，一直尝了七七四十九天，踏遍了这里的山山岭岭。他尝出了麦、稻、谷子、高粱能充饥，就叫臣民把种子带回去，让百姓种植，这就是后来的五谷。他尝出了三百六十五种草药，写成《神农本草经》，叫臣民带回去，为天下百姓治病。为了纪念神农尝百草、造福人间的功绩，老百姓就把神农遍尝百草的丛山林海，叫作"神农架"。

缔造华夏，开创文明

我们都是炎黄子孙，黄帝所带领的华夏族部落被认为是中华民族的最主要的始祖。正是在黄帝的带领下，华夏族经过艰苦卓绝的斗争，中华民族才有了最早期的融合和稳定繁荣，才有了源远流长的华夏文明。

传说黄帝即位时，有蚩尤等兄弟 81 人。这 81 人都是兽身人面，铜头铁额，不吃五谷，只吃河石。他们不服从黄帝的命令，残害黎庶，诛杀无辜。他们制造兵器，与黄帝为敌。黄帝于是征召各路诸侯兵马讨伐蚩尤。经过一场旷日持久的恶仗还是没能打败蚩尤，黄帝只好退兵。看着百姓仍然受到蚩尤的骚扰和蹂躏，黄帝忧心忡忡。有一天晚上，他梦见大风吹走了天下的尘垢，接着又梦见一个人手执千钧之弩驱羊数万群。上古的人都笃信卜筮，醒来后，对这个奇怪的梦，他占卜了一下，黄帝认为是冥冥之中神让他去找两个人，一个叫风后，一个叫力牧。黄帝的部下带着疑惑走遍千山万水，终于在海隅找到了风后，在泽边找到了力牧。黄帝以风后为相，力牧为将，开始大举进攻蚩尤。在涿鹿郊野，两军摆开阵势大战。蚩尤布下百里大雾，三日三夜不散，致使兵士辨不清方向。黄帝便令风后造指南车。与此同时，西王母也派九天玄女来助战，双方打成平手。后来黄帝在冀州又与蚩尤重新开战。蚩尤率领魑魅魍魉，请风伯、雨师纵风下雨，命应龙蓄水以攻黄帝。黄帝请来天下女魃于东荒止雨，而北隅诸山黎士羌兵驱应龙至南极。最后，杀死了蚩尤，迈出了统一华夏的坚实一步。

后来，又有神农之后榆冈与黄帝争天下。黄帝用周鸟鹗、鹰颤为旗帜，以熊罴虎豹为前驱，与榆冈战于阪泉之野。历经三战，打败了榆冈。后来，

黄帝又亲率兵马征伐各方不肯臣服的诸侯。前后共经52战,天下始归一统。于是黄帝划分州野,制礼兴乐,教化百姓。同时还发明各种器具用物,方便日用。其中,大臣曹胡发明了上衣,伯余造了下衣,于则做了鞋子,百姓们从此不再穿兽皮树皮。黄帝还依浮叶飘于水上的道理制作了舟船,共鼓又配上舟楫行于水上。又根据转蓬的道理发明了车辅,便利了交通。黄雍父发明了舂,黄帝接着又令人制作了釜甑,使得百姓可以蒸饭烹粥。以后又造屋室,筑城邑,使百姓不再巢居穴处。黄帝又与岐伯作内外经,使百姓疾患得以治愈。他还确定了天下万物的名称,划分星度为28宿,以甲乙十天干纪日,以子丑十二辰来纪月,而六旬为一甲子。如此又有时空观念。史称当时的百姓"甘其食,美其服,乐其俗,安其居"。一派太平景象。

有一天,黄帝正在洛水上,与大臣们观赏风景,忽然见到一只凤凰衔着一幅书卷放到他面前,黄帝连忙拜受下来。图中之字是慎德、仁义、仁智六个字。后来,又有黄龙捧着图卷自黄河而出,黄帝跪接过来。只见图上五色毕具,白图蓝叶朱文,这就是河图洛书。于是黄帝开始巡游天下,封禅泰山,从此中国开始进入了上古第一个稳定繁荣的时期,黄帝垂拱而治也被称为后世人们治世的理想。

造字圣人，文明之光

仓颉很聪明，记性很好。相传黄帝曾分派他专门管理牲口和粮食，圈里牲口的数目、屯里食物的多少，仓颉能够记得一清二楚。后来，随着牲口、食物的数量、种类逐渐增多，仓颉发觉仅凭脑袋已经不够了，怎么办呢？

仓颉整日整夜地想办法，先是在绳子上打结，用各种不同颜色的绳子，表示各种不同的牲口。但时间一长久，就不奏效了。这增加的数目在绳子上打个结很便当，而减少数目时，在绳子上解个结就麻烦了。仓颉又想到了在绳子上打圈圈，在圈子里挂上各式各样的贝壳，来代替他所管的东西，增加了就添一个贝壳，减少了就去掉一个贝壳。这法子顶管用，一连用了好几年。黄帝见仓颉这样能干，叫他管的事情越来越多，年年祭祀的次数，回回狩猎的分配，部落人丁的增减，也统统叫仓颉管。仓颉又犯愁了，凭着添绳子、挂贝壳已不抵事了。怎么才能不出差错呢？这些今天看似原始简陋的办法其实已经显示了仓颉足够的智慧，而下面这件事就更展示出仓颉的创造力是惊人的。

这天，他参加集体狩猎，走到一个三岔路口时，几个老人为往哪条路走争辩起来。一个老人坚持要往东，说有羚羊；一个老人要往北，说前面不远可以追到鹿群；一个老人偏要往西，说有两只老虎，不及时打死，就会错过了机会。仓颉一问，原来他们都是看着地下野兽的脚印才认定的。仓颉心中猛然一喜：既然一个脚印代表一种野兽，我为什么不能用一种符号来表示我所管的东西呢？他高兴地拔腿奔回家，开始创造各种符号来表示事物。果然，此后他把事情管理得头头是道。

黄帝知道后，大加赞赏，命令仓颉到各个部落去传授这种方法。渐渐地，这些符号的用法，全推广开了，就形成了文字。然而随着文字创造的增加，仓颉有点松懈了，人们发现仓颉创造的一些字不再像初期那样合理认真了，后来就发生了一件事。

在一次仓颉教导部落的人识字的过程中，他见到了一位德高望重、很有智慧的老人。老人对仓颉的问题看得一清二楚，但他没有直接指正，而是以请教的语气问了几个问题。

老人说："仓颉啊，你造的字已经家喻户晓，可我人老眼花，有几个字至今还糊涂着呢，你肯不肯再教教我？"仓颉热情地问："哪几个字呢，说来听听！"老人说："你造的'马'字、'驴'字、'骡'字，都有四条腿吧？而牛也有四条腿，可你造出来的'牛'字怎么没有四条腿，只剩下一条尾巴呢？"

仓颉一沉思，可不是么：自己原先造"鱼"字时，是写成"牛"样的，造"牛"字时，是写成"鱼"样的，都怪自己粗心大意，竟然教颠倒了。

老人又说："你造的'重'字，是说有千里之远，应该念出远门的'出'字，而你却教人念成重量的'重'字。反过来，两座山合在一起的'出'字，本该为重量的'重'字，你倒教成了出远门的'出'字。这几个字真叫我难以捉摸，只好来请教你了。"

这时仓颉已经明白了老人的良苦用心，从此他更兢兢业业地造字了，我们中华文明也才有了独一无二、绵延不断的文明之光。

治水功臣，造福万世

很久的古代，也就是尧舜的时代，中原大地正为洪水所困。大地山河，一派泽国，天地万物，深为水苦。人民流离失所，无家可归，无地可种，各部落的人们被迫逃避到一个个高地上，形成了许多孤岛，天下陷入危机之中。这时有个人叫鲧，他很聪明，尧舜就派他来治理洪水。怎么办呢？鲧就想到了如果将泛滥的洪流都堵塞了，人们不是就摆脱了水灾了么？但是，事实并不那么简单，鲧采用堵塞的方法，结果9年不成，眼看着越来越多的生命被洪水吞没，舜帝终于失去了耐心，将鲧诛杀在羽山之野。

鲧死之后，他的儿子禹接替了治水大任。禹是个像他父亲一样吃苦耐劳的人，他觉得应该从父亲的失败中总结教训。接受任务后，他就带着尺、绳等测量工具到全国的主要山脉、河流作了一番严密的考察。他发现一味地靠堵塞等办法是不行的，龙门山口过于狭窄，难以通过汛期洪水；发现黄河淤积，流水不畅。于是他大刀阔斧，改"堵"为"疏"，要将洪水控制在河道内，这样它不就难以危害人民了么？就这样禹疏通河道，拓宽峡口，根据地形，因地制宜，在全国开展了系统的治水工程。慢慢地，洪水都被大禹归拢到河道里，流向了大海。然而，为患许久的洪灾要治理好并非一朝一夕之功，这里浸透了大禹的智慧和汗水。大禹废寝忘食地工作着，从他离开家门13年过去了，他三次路过家门而不入，只为能够尽快让人民脱离洪灾。据说，第一次经过家门时，听到他的妻子因分娩而在呻吟，还有婴儿哇哇的哭声。助手劝他进去看看，他怕耽误治水，没有进去；第二次经过家门时，他的儿子正在他妻子的怀中向他招着手，这正是工程紧张的时候，他只是

挥手打了下招呼，就走过去了；第三次经过家门时，儿子已长到 10 多岁了，跑过来使劲把他往家里拉。大禹深情地抚摸着儿子的头，告诉他，水未治平，没空回家，又匆忙离开，没进家门。如果有大禹这种大公无私的治水精神，还有什么困难不能克服，还有什么事业不能成就呢？

为民请命，为臣死谏

　　夏朝时，关龙逄出生在安邑，就是今天山西运城西北的一个小城镇。他自幼生性善良、深明大义，富有同情心。后来，关龙逄被夏朝的君主选为大夫。但是不久桀弑父篡位，施行暴政，残杀忠臣良将，蹂躏百姓，天怒人怨，朝政日衰。遇到昏君，关龙逄比以前更勤勉勇敢，常常直言进谏，力劝桀收敛自己的行为，体恤百姓。时间一长，桀便对关龙逄讨厌起来。

　　关龙逄52岁那年，他大胆直言，对桀进谏说："作为一国之君要懂得廉恭敬信，节用爱人，这样才能够天下太平，江山稳固。现在大王您生活奢侈，又嗜杀臣民，这恐怕离亡国不远了啊！"话说得不入耳，但却是实事求是。这丝毫不能让桀收敛，他反而更加嫉恨关龙逄了。

　　夏王桀酷爱看别人的痛苦为乐，他创造了炮烙之刑，就是将大铜柱烧透，将他认为有罪的人绑缚在铜柱上烧成灰烬。大家可想这个受刑的人在临死前将遭受多大的痛苦，而桀在一边却能够边看边笑，很为自己的杰作得意。有一次，他故意让关龙逄陪他观看炮烙之刑，问关龙逄："你看这种刑罚快乐吗？"关龙逄回答："快乐！"桀很出乎意料，心想："这个固执的老东西啥时候开始懂得顺从我了？"于是不解地问："观看酷刑为何还快乐呢？"关龙逄答："天下人认为最苦的恰恰是君认为最乐的，我是君的臣，为何不高兴呢？"桀当然听出了讽刺的味道，他故作心平气和地说："现在我听你说，说对了我就改正，说的不对我就对你施加酷刑。"关龙逄早已将生死置之度外，他斩钉截铁地说："我看君头上悬着危石，脚下踏着春冰，头顶危石无不被石覆压，脚踏春冰无不下陷。"桀狞笑着说："你是说国家灭亡，

我要同国家一起灭亡。你只知我要灭亡,却不知你现在就要灭亡吗?"于是,桀对关龙逢施以炮烙之刑。

少了关龙逢这个眼中钉,肉中刺,桀更加肆无忌惮。后来,商部落日益兴盛起来,顺从民意,一举灭了夏朝。夏桀成了千百年来人们不齿的暴君,而关龙逢的仗义执言的精神却鼓舞了一代又一代的忠臣志士。

定鼎之材，贤相帝师

伊尹本名伊挚，他是夏末商初的人，自幼聪明颖慧，勤学上进，博学多才。传说他不仅懂得治国之道，还精于烹调技术，被尊为厨艺祖师。

商朝汤王创业的时候，听说伊挚是位大贤人，精通于三皇五帝和禹等英明君王的施政之道，于是三番五次以金帛重礼来聘请他。在今天嵩县空桑涧西南，有个平兀如几的小山叫"三聘台"，传说商汤就是在这里聘请的伊挚。

当时，桀残暴不仁，夏朝的统治已经不太牢固了，但伊挚觉得以商伐夏毕竟不是小事，应该谨慎行动。他首先返回伊洛流域和桀遗弃的元妃妹喜相交，通过妹喜了解到桀王内部的一些重要情报。桀当时有九夷之师，如果这些军队都还听从桀的指挥，商就不能轻举妄动。于是，伊挚先实施一计，他建议汤停止给桀贡纳，试探一下。有人挑战自己的权威，桀当然大怒，号令九夷之师齐聚攻汤。伊挚一看试探之目的已经达到，连忙献计汤恢复贡纳，攻桀一事要再行计议。

大约在公元前1601年，根据伊挚掌握的情况，桀已经到了众叛亲离的边缘，这时伊挚果断建议汤把握时机，起兵伐夏。果不其然，"九夷之师不起"，桀没有了羽翼，很快就战败了。汤很快占领了夏的中心区域，也就是今天洛阳附近一带。伊挚在这场战役中起到了重要作用，可以说，伊挚是商当之无愧的开国之臣。

汤得了天下，便封伊挚为尹。尹，是正的意思。商汤让伊尹作为天下的榜样和准则，以身作则，做天下楷模，师范天下。

　　后来，伊尹又做了汤王长孙太甲的师保。传说，太甲不遵守商汤的大政方针，为了教育太甲，伊尹将太甲安置在特定的教育环境中——成汤墓葬之地桐宫，他本人与诸大臣代为执政，史称共和执政，并著《伊训》《肆命》《徂后》等训词，讲述如何为政，什么事可以做，什么事不可以做，以及如何继承成汤的法度等问题。在伊尹创设的特定教育环境中，太甲守桐宫三年，追思成汤的功业自怨自艾，深刻反省，"处仁迁义"，学习伊尹的训词，逐渐认识了自己的过错，悔过返善。当太甲有了改恶从善的表现后，伊尹便适时亲自到桐宫迎接他，并将王权交给他，自己仍继续当太甲的辅佐。在伊尹的耐心教育下，太甲复位后"勤政修德"，继承成汤之政，果然有了良好的表现。商朝的政治又出现了清明的局面。诸侯服从，百姓和睦，于是伊尹又作《太甲》三篇，《咸有一德》一篇褒扬太甲。太甲终成有为之君，被其后代尊称为"大宗"。伊尹堪称我国古时德才兼备的一位楷模，既是贤臣，又是良师。

中兴之主，勇治乱世

商朝从汤开始传了20个王，王位传到了盘庚。这时候的商王朝已经不像建国之初那么稳固，内乱不止，充满了不安定因素。盘庚是个能干的君主。为了改变这种不利状况，他决心通过迁都扭转局面。可是迁都可并非易事，阻力重重。最主要的原因是大多数贵族根深蒂固，安居一方，谁也不愿意搬迁。更有甚者，有些贵族还煽动平民起来反对，闹得很厉害。

话说这时候的商王朝已经经历了数次迁都。原来汤建国之时，最早的国都在亳，就是今天的河南商丘。在以后的三百年中，都城一共搬迁了五次。这有多种原因，有时是因为王族内部争夺王位，发生内乱；有时是因为黄河爆发水灾。有一次黄河水把都城全淹了，不得不迁都。可以说，每次迁都都是兴师动众，盘庚这次也不例外。

面对强大的反对势力，盘庚并没有动摇迁都的决心。他把反对迁都的贵族找来，严肃地劝说："我要你们搬迁，是为了想安定我们的国家。你们怎能不理解我的良苦用心，为何还要闹出无谓的惊慌？换句话说，我也不可能因为你们的一个态度，就改变主意。"盘庚的话柔中带刚，众亲贵的气势顿时矮了半截。"你们放心，我会考虑慎重，找个比这里更适合更安稳更富饶的地方作为我们商王朝的永久都城的。"这番话获取了更多的贵族支持。

后来，盘庚选中了北蒙，就是今天的安阳。这一带土肥水美，山林有虎、熊等兽，水里有鱼虾，可以耕作田猎，是个好地方。"打破抱残守缺的旧观念吧，那里将是一个新的世界，会比这里强一百倍。我们将去建设一个新王都，一个新世界，你们将会成为王朝新历史的书写者。星星之火可以燎

原，一个伟大的梦想等待着我们去书写。"经过盘庚颇富气势的鼓动，迁都成功了。通过迁都，盘庚抑制了贵族的奢侈，缓和了阶级矛盾，并减轻了自然灾害的影响。因为区位的便利，也避免了外族袭扰。在一个崭新的世界里，贵族固有的内部矛盾也减弱了，商王朝逐渐摆脱了政治困境。

　　盘庚迁殷后，商王朝实现了又一次振兴。

武功文治，中华第一王后

　　要说妇好，还要从她的夫王武丁说起。

　　武丁是商王朝的第二十三位国王，是第二十位王盘庚的侄儿。盘庚之后若干年，武丁接过了权杖。武丁的经历，与三千年后俄国的彼得大帝颇有相似之处。

　　武丁的父亲小乙是盘庚的四弟。我国古代继承权有嫡长有序之说，所以小乙做梦也没有想过国王跟自己会有什么关系。因此在武丁小的时候，小乙将他送到民间去生活。武丁很低调，并没有向任何人吐露自己的王族血统，他像普通人一样学习各种劳作知识，经历各种疾苦。在这种平凡的生活中，武丁深刻地认识了社会，也磨炼了意志。当然也正是这段经历，使他得到了筑屋奴隶出身的贤人傅说。后来，历史选择了武丁，武丁成为商朝的王。

　　武丁个性非常强、也非常富于情感和壮志。今天流行一句话，每一个成功的男人背后都有一个优秀的女人。武丁也不例外，我们要讲的妇好就是他的第一位王后。嫁给武丁之前，妇好是商王朝一个普通的母系部族的公主，她虽然没有商王族的尊贵，但却有着非凡的经历和见识。妇好十分聪明，也很有勇气和智慧。可以说，武丁振兴商朝，军功章上有一半是属于妇好的。在冷兵器时代，武功还是很有说服力。而妇好的武功更是不让须眉，她臂力过人，非常勇猛。据考证她所用的一件大斧重达九公斤，可见其身体强壮。

　　一年夏天，北方边境发生外敌入侵，武丁派去征讨的将领久久不能解决问题，妇好便主动请缨，要求率兵前往助战。这时候武丁有些犹豫，一

是对妻子领兵打仗的能力没有亲见，没有把握；二则毕竟是自己的王后，不容有失。直到后来通过占卜才下定决心让妇好出征。没想到，妇好一到前线，指挥调度有方，而且身先士卒，很快就击败敌人，取得了胜利。

从此武丁对妇好更加依仗，封为王朝的军事统帅。此后，妇好率领军队征讨作战，前后击败了北土方、南夷国、南巴方，以及鬼方等二十多个小国，为商王朝开疆拓土立下了不朽战功。其中，在征讨西北内蒙古河套一带的羌方战役中，武丁将商王朝一半以上的兵力都交给了她：一万三千余人。这场战役大获全胜，其意义类似于后世汉武帝的驱逐匈奴，商王朝终于解除了西北边境多年的战乱骚扰，商王朝开始强大，中华文明之光开始照耀四方。

妇好文武双全，对礼制也很娴熟，所以除了率军作战，妇好还负责商王朝的祭祀占卜之典。从一个金戈铁马的女英雄，到一个虔敬的神职人员，妇好一样游刃有余。

为了表达对自己优秀妻子的敬爱，为了表彰妇好的赫赫功劳，武丁给妇好也划分了封地。妇好没有辜负夫王的期望，用自己的才智将封地经营得有声有色，俨然是商王朝的一个示范性的先进特区。妇好还拥有独立的嫡系部队三千余人——这在那个年代几乎是封国兵力的极限。今天存世的妇好偶方彝就是妇好带领下社会安定繁荣的一个标志。文物无言，但却静静地证明着一个文治武功的"第一王后"的传奇。

白发辅国，立周第一功臣

姜尚，又称为吕尚，因为他的祖先被封在了吕这个地方。吕尚的先祖曾做四岳之官，辅佐夏禹治理水土有大功，舜、禹时就被封在吕。

吕尚与西伯文王的故事很传奇。白发苍苍的吕尚到渭水钓鱼，鱼钩是直的，你说他能钓到鱼么，于是别人都很惊讶，吕尚说：愿者上钩啊。再说西伯文王，当然这时候文王还没有得到天下。古人喜欢占卜，西伯也不例外。这一天吕尚在钓鱼时见到周西伯。西伯出外狩猎，临行之前占一卦，卦辞说："所得猎物非龙非螭，非虎非熊；所得乃是成就霸王之业的辅臣。"于是西伯在渭河北岸遇到太公，两人一见如故，谈话很默契。西伯说："早先我的先君太公就说过：'定有圣人来周，周会因此兴旺。'想来我们太公盼望您也已经很久了。"因此西伯将吕尚称为"太公望"，尊为太师。

吕尚足智多谋，理政用兵都有一套。周虽然处在西鄙，但政治清明，百姓安居乐业，这些都与吕尚的辅佐分不开。周在诸侯间的威望越来越大，西伯明断了虞、芮二国的国土争讼，又讨伐了崇国、密须和犬夷，大规模建设丰邑。在吕尚的谋划下，渐渐天下三分之二的诸侯都归心向周。

文王死后，武王即位，想继续完成文王的大业，伐商统一中原。武王对周的感召力还没有十足的把握，吕尚出主意说，我们不妨先演练一下，试探一下商还有多少民心。军队出师之际，被尊称为"师尚父"的吕尚左手拄持黄钺，右手握秉白旄誓师，说："苍兕苍兕，统领众兵，集结船只，迟者斩首。"于是兵至盟津，在今天河南孟津的黄河边上。各国诸侯不召自来有八百之多。诸侯都说："我们征伐无道的纣吧。"吕尚进谏说："民心所向，

只是此时还不是最佳时机，纣虽然无道，但朝廷内有忠臣无数，我们还没有必胜的把握。"武王把这些话宣布给诸侯："我们要么不战，要么一蹴而就，我们再择机举事。"诸侯信服。

又过两年，时机终于来了。纣杀死忠心耿耿的王子比干，囚禁了箕子。在吕尚的谋划和辅佐下，武王又将征伐商纣，这是武王继位的十一年正月甲子日，在牧野誓师，进伐商纣。商纣军队彻底崩溃。商纣回身逃跑，登上鹿台，于是被追杀。第二天，武王立于社坛之上，群臣手捧明水，卫康叔封铺好彩席，师尚父牵来祭祀之牲，史佚按照策书祈祷，向神祇禀告讨伐罪恶商纣之事。散发商纣积聚在鹿台的钱币，发放商纣囤积在钜桥的粮食，用以赈济贫民。培筑加高比干之墓，释放被囚禁的箕子。把象征天下最高权力的九鼎迁往周国，修治周朝政务，与天下之人共同开始创造新时代。上述诸事多半是采用师尚父的谋议。

此时武王已平定商纣，成为天下之王，就把齐国营丘封赏给师尚父。师尚父东去自己的封国，边行边住，速度很慢。客舍中的人说他："我听说时机难得而易失。这位客人睡得这样安逸，恐怕不是去封国就任的吧。"太公听了此言，连夜穿衣上路，黎明就到达齐国。正遇莱侯带兵来攻，想与太公争夺营丘。营丘毗邻莱国。莱人是夷族，趁商纣之乱而周朝刚刚安定无力平定远方之机，和太公争夺国土。

太公到齐国后，修明政事，顺其风俗，简化礼仪，开放工商之业，发展渔业盐业优势，因而人民多归附齐国，齐成为大国。到周成王年幼即位之时，管蔡叛乱，淮夷也背叛周朝，成王派召康公命令太公说："东至大海，西至黄河，南至穆陵，北至无棣，此间五等诸侯，各地官守，如有罪愆，命你讨伐。"无论是在文王、武王的身边，还是镇守封地，太公都为周王朝立下了汗马功劳。

赤诚于心，励精图治

　　周公旦，是周武王的弟弟。文王还在世时，旦非常孝顺，他的忠厚仁爱，胜过其他兄弟。到武王即位，旦佐助武王，处理很多政务。武王九年，亲自东征至盟津，周公旦随军辅助。十一年，讨伐殷纣，军至牧野，周公佐助武王，发布了动员战斗令《牧誓》。周军攻破殷都，进入殷王宫。杀殷纣以后，周公手持大钺，召公手持小钺，左右夹辅武王，举行衅社之礼，向上天与殷民昭布纣之罪状。把箕子从监禁中释放出来。

　　周得了天下，遍封功臣。周公被封在少昊故墟曲阜，但是武王不让周公去自己的封国，而是留在身边。武王去世时成王尚在襁褓之中。周公怕天下人听说武王死而背叛朝廷，就登位替成王代为处理政务，主持国家大权。周公夙兴夜寐，励精图治，将国家治理得井井有条。管叔和他的诸弟在国中散布流言说："周公将对成王不利。"周公就告诉太公望、召公奭说："我之所以不避嫌疑代理国政，是怕天下人背叛周室，没法向我们的先王太王、王季、文王交代。三位先王为天下之业忧劳甚久，现在才刚成功。武王早逝，成王年幼，只是为了完成稳定周朝之大业，我才这样做。"于是仍旧辅佐成王，而命其子伯禽代自己到鲁国受封。周公告诫伯禽说："我是文王之子、武王之弟，成王之叔父，在全天下人中我的地位不算低了。但我却洗一次头要三次握起头发，吃一顿饭要三次吐出正在咀嚼的食物，起来接待贤士，这样还怕失掉天下贤人。你到鲁国之后，千万要礼贤下士，不可骄慢于人。"

　　后来，管叔、蔡叔、武庚等人率领淮夷造反。周公乃奉成王之命，举兵东征，写了《大诰》。于是诛斩管叔，杀掉武庚，流放蔡叔。收服这些殷

的遗民，封康叔于卫，封微子于宋，让他奉行殷的祭祀。平定淮夷及东部其他地区，二年时间全部完成。诸侯都宗顺周王朝。天降福瑞，唐叔得到二茎共生一穗的粟禾，献给成王，成王命康叔到东部周公军队驻地赠给周公，写了《馈禾》。周公接受后，感激赞颂天子之命，写了《嘉禾》。

成王七年二月乙未日，周公在镐京朝拜武王庙，然后步行至丰京朝拜文王庙，命太保召公先行到洛邑勘察地形。三月，周公去洛邑营造成周京城，并进行占卜，得象大吉，于是就以洛邑为国都。眼看着成王长大能够处理国事了，周公就把政权还给成王。不过周公还是兢兢业业地辅佐成王。

因为有过去代政的经历，不时会有些流言蜚语传到成王那里，周公面对极大的压力，后来甚至逃避到了楚国。一日成王打开秘府，发现了一些祈祷册文，这彻底打破了成王心中的怀疑。比如有一次，那还是成王小时，他有病了，周公就剪下自己的指甲沉入河中，向神祝告说："王年幼没有主张，冒犯神命的是旦。"读着这些册文，成王泪流满面，随即迎回周公。

周公归国后，怕成王年轻，为政荒淫放荡，就写了《多士》《毋逸》。《毋逸》说："做父母者，经历长久时期创业成功，其子孙骄奢淫逸忘记了祖先的困苦，毁败了家业，做儿子的能不谨慎吗？因此过去殷王中宗，庄重恭敬地畏惧天命，治民时严以律己，兢兢业业不敢荒废事业自图逸乐，所以中宗拥有国家七十五年之久。殷之高宗，久在民间劳碌，与小民共同生活，他即位后居丧，三年不言语，一旦说话就得到臣民拥戴，不敢荒淫逸乐，使殷国家安定，小民大臣均无怨言，所以高宗拥有国家五十五年。殷王祖甲，觉得自己并非长子，为王不宜，因此长时间逃避于民间，深知人民需要，他安定国家，施惠于民，不悔慢鳏寡孤独之人，所以祖甲拥有国家三十三年。"《多士》说："自汤至帝乙，殷代诸王无不遵循礼制去祭祀，勉力向德，都能上配天命。后来到殷纣时，大为荒淫逸乐，不顾天意民心，万民都认为他该杀。""周文王每天日头偏西还顾不上吃饭，拥有国家五十年。"周公写了这些用来告诫成王。

成王居于丰京，当时天下虽已安定，但周朝的官职制度尚未安排得当，于是周公写了《周官》，划定百官职责；写了《立政》，以利百姓，百姓欢悦。

强国富民，春秋名相

    管仲是春秋时代的大政治家，他的器量、见识、才能在我国古代历史上是很杰出的。公元前 698 年，齐僖公驾崩，留下三个儿子，太子诸儿、公子纠和小白。太子诸儿即位，这就是齐襄公。太子诸儿虽然居长即位，但品质卑劣，齐国前途令国中老臣深为忧虑。

    管仲和鲍叔牙是好朋友，这时他们分别辅佐公子纠和公子小白。鲍叔牙当初对齐僖公令其辅佐公子小白很不满意，常常称病不出，因为他认为"知子莫若父，知臣莫若君"。国君知道小白将来没有希望继承君位，又以为他没有才能，才让他辅佐小白。而管仲却不以为然，当他了解内情后，劝导鲍叔牙说："国人因厌恶公子纠的母亲，以至于不喜欢公子纠本人，反而同情小白没有母亲。将来统治齐国的，非纠即白。公子小白没有公子纠聪明，而且还很性急，但他的优点是有远虑，这点是公子纠远远无法相比的。所以将来天下一定是公子小白的，到时你鲍叔牙来安定国家，岂不美哉？"于是，鲍叔牙听从了管仲的意见，安心侍奉小白。不久，齐襄公与其妹鲁桓公的夫人文姜秘谋私通，醉杀了鲁桓公。对此，具有政治远见的管仲和鲍叔牙都预感到齐国将会发生大乱。所以他们都替自己的主子想方设法找出路。公子纠的母亲是鲁君的女儿，因此管仲和召忽就保护公子纠逃到鲁国去躲避。公子小白的母亲是卫君的女儿，卫国离齐国太远，所以鲍叔牙就同公子小白跑到齐国的南邻莒国去躲避。公子纠和公子小白去的地方虽然一南一西，打算却都是一个，就是伺机而动，回到齐国去。

    大家都知道，后来在王位的争夺中，公子小白占得先机，先回到齐国，

成为齐桓公，后来的春秋五霸之一。公子纠被杀，管仲作为纠的辅佐者请求坐牢。鲍叔牙向齐桓公求情并隆重推荐了管仲。

一次齐桓公召见管仲，首先把想了很久的问题摆了出来。"你认为的国家可以安定下来吗？"管仲通过这个阶段的接触，深知齐桓公的政治抱负，但又没有互相谈论过，于是管仲就直截了当地说："如果你决心称霸诸侯，国家就可以安定富强，你如果要安于现状，国家就不能安定富强。"齐桓公听后又问："我还不敢说这样的大话，等将来见机行事吧！"管仲被齐桓公的诚恳所感动，他急忙向齐桓公表示："君王免臣死罪，这是我的万幸。臣能苟且偷生到今天，没为公子纠而死，就是为了富国家强社稷；如果不是这样，那臣就是贪生怕死，一心为升官发财了。"说完，管仲就想告退。齐桓公被管仲的肺腑之言所感动，便极力挽留，并表示决心以霸业为己任，希望管仲为之出力。

后来，齐桓公又问管仲，"我想使国家富强、社稷安定，要从什么地方做起呢？"管仲回答说："必须先得民心。""怎样才能得民心呢？"齐桓公接着问。管仲回答说："要得民心，应当先从爱惜百姓做起；国君能够爱惜百姓，百姓就自然愿意为国家出力。""爱惜百姓就得先使百姓富足，百姓富足而后国家得到治理，那是不言而喻的道理。通常讲安定的国家常富，混乱的国家常贫，就是这个道理。"这时齐桓公又问："百姓已经富足安乐，兵甲不足又该怎么办呢？"管仲说："兵在精不在多，兵的战斗力要强，士气必须旺盛。士气旺盛，这样的军队还怕训练不好吗？"齐桓公又问："士兵训练好了，如果财力不足，又怎么办呢？"管仲回答说："要开发山林、开发盐业、铁业，发展渔业，以此增加财源。发展商业，取天下物产，互相交易，从中收税。这样财力自然就增多了。军队的开支难道不就可以解决吗？"经过这番讨论，齐桓公心情兴奋，就问管仲："兵强、民足、国富，就可以争霸天下了吧？"但管仲严肃地回答说："不要急，还不可以。争霸天下是件大事，切不可轻举妄动。当前迫切的任务是百姓休养生息，让国家富强，社会安定，不然很难实现称霸目的。"后来管仲成了齐桓公的相国，很受器重。

千古兵圣，强国有方

　　孙子名武，本是齐国人。因为他精通兵法受到吴王阖庐的接见。阖庐说："您的十三篇兵书我都看过了，可用来小规模地试着指挥军队吗，让我看看？"于是孙武就用宫中美女代替士兵来操练，他把宫女分为两队，让阖庐最宠爱的两位侍妾分别担任队长，让所有的美女都拿一支戟，然后命令她们说："你们知道自己的心、左右手和背吗？"宫女们回答说："知道。"孙子说："我说向前，你们就看心口所对的方向；我说向左，你们就看左手所对的方向；我说向右，你们就看右手所对的方向；我说向后，你们就看背所对的方向。"号令宣布完毕，于是摆好斧铖等刑具，旋即又把已经宣布的号令多次重复地交代清楚，就击鼓发令，叫她们向右，宫女们都哈哈大笑。孙子说："纪律还不清楚，号令不熟悉，这是将领的过错。"又多次重复地交代清楚，然后击鼓发令让她们向左，宫女们又都哈哈大笑。孙子说："纪律弄不清楚，号令不熟悉，这是将领的过错；现在既然讲得清清楚楚，却不遵照号令行事，那就是军官和士兵的过错了。"于是就要杀左、右两队的队长。吴王正在台上观看，见孙武要杀自己的爱妾，大吃一惊，急忙派使臣传达命令说："我已经知道将军善用兵了，我要没了这两个侍妾，吃起东西来也不香甜，希望你不要杀她们吧。"孙子回答说："我已经接受命令为将，将在军队里，国君的命令可以不接受。"于是坚持杀了两个宠妾示众。接下来的操练很规整，不论是向左向右、向前向后、跪倒、站起都符合号令、纪律的要求，再没有人敢出声。于是孙武派使臣向吴王报告说："队伍已经操练整齐，大王可以下台来验察她们的演习，任凭大王怎样使用她们，即使叫她们赴汤

蹈火也办得到啊。"吴王回答说:"让将军停止演练,回宾馆休息。我已领略了。"吴王阖庐后来任命他做了将军。在对楚国、齐国、晋国等各国的征战中,吴国长期保持优势,这与孙武是有很大关系的。

如果只听这些,大家就只知道孙武是个大军事家,其实,他也深通治国之道。有一天,吴王同孙武讨论起晋国的政事。吴王问道:"晋国的大权掌握在范氏、中行氏、智氏、韩、魏、赵六家大夫手中,将军认为哪个家族能够强大起来呢?"

孙武回答说:"范氏、中行氏两家最先灭亡。"吴王问:"为什么呢?"

孙武说:"根据他们的亩制、收取租赋以及士卒多寡、官吏贪廉做出判断的。以范氏、中行氏来说,他们以一百六十平方步为一亩。六卿之中,这两家的田制最小,收取的租税最重,高达五分抽一。公家赋敛无度,人民转死沟壑;官吏众多而又骄奢,军队庞大而又屡屡兴兵。长此下去,必然众叛亲离,土崩瓦解!"

吴王见孙武的分析切中两家的要害,很有道理,就又接着问道:"范氏、中行氏败亡之后,又该轮到哪家呢?"

孙武回答说:"根据同样的道理推论,范氏、中行氏灭亡之后,就要轮到智氏了。智氏家族的亩制,只比范氏、中行氏的亩制稍大一点,以一百八十平方步为一亩,租税却同样苛重,也是五分抽一。智氏与范氏、中行氏的病根几乎完全一样:亩小,税重,公家富有,人民穷困,吏众兵多,主骄臣奢,又好大喜功,结果只能是重蹈范氏、中行氏的覆辙。"

吴王继续追问:"智氏家族灭亡之后,又该轮到谁了呢?"

孙武说:"那就该轮到韩、魏两家了。韩、魏两家以二百平方步为一亩,税率还是五分抽一。他们两家仍是亩小,税重,公家聚敛,人民贫苦,官兵众多,急功数战。只是因为其亩制稍大,人民负担相对较轻,所以能多残喘几天,亡在三家之后。"

孙武不等吴王再开问,接着说:"至于赵氏家族的情况,和上述五家大不一样。六卿之中,赵氏的亩制最大,以二百四十平方步为一亩。不仅如此,赵氏收取的租赋历来不重。亩大,税轻,公家取民有度,官兵寡少,在上者不致过分骄奢,在下者尚可温饱。苛政丧民,宽政得人。赵氏必然兴旺发达，晋国的政权最终要落到赵氏的手中。"

　　孙武论述晋国六卿兴亡的一番话，就像是给吴王献上了治国安民的良策。吴王听了以后，深受启发，高兴地说道："将军说得很好。看来，君王治国的正道，就是要爱惜民力，不失人心。"

进退自如，智慧实干家

范蠡是一个传奇，他一生三次迁徙，三种成就，进退自如，快乐如神仙，是事业的典范，也是生活的典范。《太平广记·神仙传》记载范蠡："在越为范蠡，在齐为鸱夷子，在吴为陶朱公。"司马迁赞称："范蠡三迁皆有荣名。"说范蠡"忠以为国；智以保身；商以致富，成名天下"，高度概况了范蠡非凡的成就和高超的智慧。范蠡为何能这样，因为他"与时逐而不责于人"，这是一种多么积极乐观的人生态度啊，看似简单却并非可以轻易为之的。

先说范蠡的为国之忠，这是最为人们熟知的一段故事。话说越王勾践被围困在会稽山上，就任用了范蠡、计然。用今天的话说，范蠡是个优秀的政治家、军事家，而计然是个精明的经济学家。在春秋时期，要想强盛就要打仗，而打仗要有战备，要以经济为后盾。范蠡与计然，一个治国，一个富邦，励精图治十年时间，越国兵精粮足，迅速强大起来，一举打败了吴国，成为了春秋五霸之一。

话说在辅佐勾践灭吴后，范蠡提出自己想隐退。勾践极力挽留，并似乎是开玩笑般地吓唬他说，如果坚持要走，就会杀掉他和妻子。但范蠡并不动摇，决然地走了。不恃功受赏，反能急流勇退，自古及今有几个人呢？这其中透露出范蠡的人生态度，更可以看出他识人的智慧。临行范蠡告诫同僚文种说，"高鸟已散，良弓将藏，狡兔已死，良犬就烹。越王为人，可共患难，不可共富贵。"同样为勾践立下赫赫功劳的文种并没有听，后来被勾践逼杀。

范蠡离开越国，辗转来到齐国，隐姓埋名叫鸱夷子皮，在海边结庐而居，戮力耕作，兼营副业，很快积累了数千万家产。范蠡仗义疏财，施善乡梓，他的贤明能干被齐人赏识，齐王把他请进国都临淄，拜为主持政务的相国。他喟然感叹："居官至于卿相，治家能致千金；对于一个白手起家的布衣来讲，已经到了极点。久受尊名，恐怕不是吉祥的征兆。"于是干了三年，他向齐王归还了相印，散尽家财给知交和老乡，再次归隐。

范蠡再一次成了普通老百姓，他迁徙至山东陶邑这个地方，在这个居于"天下之中"（陶地东邻齐、鲁；西接秦、郑；北通晋、燕；南连楚、越）的最佳经商之地，操计然之术（根据时节、气候、民情、风俗等，人弃我取、人取我予，顺其自然、待机而动）以治产，没出几年，经商积资又成巨富，遂自号陶朱公，当地民众皆尊陶朱公为财神，后来他成了我国道德经商——儒商之鼻祖。

知行合一，锲而不舍

荀子留下了著名的《劝学篇》，大家可能一直觉得他只是个学问家和思想家，其实他与儒家历来所推重的一样，也是个经世济用之才，他的《荀子》就是他实践智慧的总结。下面我们来看看荀子的故事。

荀子从小就非常聪明，10 岁时被誉为神童，学问很好。长大后曾北游燕国，但可惜的是，燕王并没有任用他。到他 50 岁时，由于齐襄王招纳贤士，许多学者都前往齐国讲学，加上齐国以藏书丰富出名，所以荀子也被吸引前往齐国。荀子在齐国待了几年，很受齐王尊敬，被封为"列大夫"，就是国家的顾问。因为学问好，年老有声望，荀子曾三次被众人推选为"祭酒"。祭酒就是每当国家有重要的宴会或祭典时，来担任祭酒的礼节，这是一个很高尚的职责。有些气量狭小的人，对荀子当祭酒不免眼红，到处说荀子的坏话。齐王听信谗言后，渐渐和荀子疏远。荀子很有骨气，即使已经是 81 岁的耄耋老翁了，还是离开了齐国。

荀子去了楚国。楚国的春申君很有名气，爱好贤士。荀子就投奔春申君。春申君仰慕荀子美名，决定请他担任"兰陵令"，治理兰陵这个地方。荀子不辜负春申君，干得兢兢业业，为官一任，造福一方，把兰陵治理得井井有条，这里成为楚国出了名的王道乐土。可是到处都有嫉贤妒能的小人，有位门客就给春申君进谗言："商汤以亳为根据地，周武王以鄗起家，都不过拥有百里之地，结果统一天下。如今你给荀子一百里地，他可是天下有名的贤人，将来不敢想啊！"春申君考虑再三，终于抵挡不了谗言，还是把荀子辞退了。

荀子继续向前，又去了秦国。他拜见了秦昭王。此时昭王正和范雎设计"远交近攻"的阴谋攻伐天下，昭王为雄霸天下的欲望冲昏了头脑，哪里顾得上荀子，荀子又回到故乡赵国。再说楚国的春申君放走荀子又后悔了，因为有人对他说："从前，伊尹去夏入商，不久夏朝灭亡，商朝兴起；管仲去鲁入齐，于是，鲁国衰弱，齐国高强，能干的国君应该懂得任用贤人。"春申君于是派人到赵国三顾茅庐，请回了荀子。荀子又回到楚国当兰陵令，兰陵一方的人民算是有福气。后来春申君死了，荀子年近百岁，就辞了官，写了三十二篇文章，这就是《荀子》一书。

荀子最著名的观点就是人性恶，这似乎没有孟子的人性善动听，但你仔细听就知道荀子讲得也很有道理。荀子认为：一个人眼睛贪图美色，耳朵喜欢好听的音乐，舌头爱好美味。想吃、想玩、好逸恶劳，这都是人的天性，所以人才有七情六欲。这些天赋自然的本能并不是不好，可是如果依人的天性顺其发展，必然会引起争夺暴虐，这个世界便成为自私恐怖的世界了。所以人们要想办法压抑这些本性，提倡礼让、仁爱等道德标准，否则就像刺猬般挤在一起彼此刺戳。所以一切的善都出于"伪"，伪的意思就是"人为"，也就是后天的改造。所以他最重视"教育"和"礼乐"，认为只有如此才能矫正先天的坏习性，培养好品行。

荀子认为:礼是社会上自然形成的公共法则，每个人都得遵守，不能选择，不许怀疑。在他担任兰陵令时，李斯、韩非都曾拜在门下，以后这两个学生把荀子学说发扬光大成为法家思想。可以说，荀子的一生都在实践和探索儒家的经济理论，而且难能可贵的是他还培养出了法家的集大成人物韩非。儒家重德，法家用法，这是保证一个国家长治久安、人民幸福安康的两个准绳。

力排众议，立信于民

　　商鞅，本名卫鞅。秦孝公任用卫鞅后不久，打算变更法度，又恐怕天下人议论自己。卫鞅说："行动犹豫不决，就不会搞出名堂，办事犹豫就不会成功。况且超出常人的行为，本来就常被世俗非议；有独到见解的人，被人嘲笑是必然的。愚蠢的人事成之后都弄不明白，聪明的人事先就能预见将要发生的事情。一般人都喜欢因循守旧，不敢冒险，也意味着不愿创新，但是，如果做出了成就，那么百姓就自然而然地接受了。所以在开始的时候，不妨有点一意孤行的精神。自古及今，圣人只要能够使国家强盛，就不必沿用旧的成法；只要能够利于百姓，就不必遵循旧的礼制。"其实我国后代的很多改革家都是秉承的商鞅的思想。

　　然而在当时商鞅的思想却有点离经叛道，遭到了孝公身边诸人的反对。甘龙说："以往的圣人不改变民俗而施以教化，聪明的人不改变成法而治理国家。顺应人民的风俗而施行教化，不费力就能成功；沿袭成法而治理国家，官吏习惯而百姓安定，何必要像商鞅说的呢！"卫鞅说："一般人安于旧有的习俗，读书人更是拘泥于书本上的成见。这些人奉公守法没问题，但是要想让国家强盛却不那么容易。你看三代礼制不同而都能统一天下，五伯法制不一而都能各霸一方，这难道不是改革的益处么？聪明的人制定法度，愚蠢的人被法度制约；贤能的人变更礼制，寻常的人被礼制约束。"甘龙听了哑口无言。

　　杜挚同样站在甘龙的立场上说："没有百倍的利益，就不能改变成法；没有十倍的功效，就不能更换旧器。仿效成法没有过失，遵循旧礼不会出偏差，像商鞅说的风险太大啊。"商鞅说："治理国家没有一成不变的办法，有利于国家就不仿效旧法度。所以汤武不沿袭旧法度而能王天下，夏殷不更换旧礼制而灭亡。反对旧法的人不能非难，而沿袭旧礼的人不值得赞扬。"孝公还是听从了商鞅的意见，任命他为左庶长，开始改革。

商鞅先制定了一套周密的新法，在公布之前，他考虑，再合理的法律，如果百姓不相信，不遵循，那就会大打折扣，于是他就想出了一个办法，就是立信于民。商鞅在国都后边的市场南门竖起一根三丈长的木头，并悬令，百姓中能有把木头搬到北门的赏给十金。大家都觉得这事很奇怪，没人敢动。于是商鞅又宣布"能把木头搬到北门的人赏五十金"。终于，有个人抱着试试看的心理把它搬走了，商鞅当场兑现承诺给了他五十金，百姓这才相信这个新的政治家、改革家，真是令出必行，言而有信啊。

于是，商鞅开始推行新法。新法在民间施行了一年，矛盾自然会有，不少百姓开始四处诉说新法的诸般不好。正当这时，太子触犯了新法。卫鞅说："新法不能顺利推行，是因为上层人触犯它。"要依新法处罚太子，以儆效尤。你看，商鞅的思想很像后来的法律面前人人平等，和后来的"刑不上大夫，礼不下庶人"显然有别。这也是商鞅变法的魅力。当然话说回来，商鞅哪能真地处置一国的储君呢？但是刑罚还是要执行的。商鞅说，太子之过，老师有责。就像我们今天的法律有完全行为能力人，有不完全行为能力人一样，太子还不到完全为自己行为负责的年龄。于是商鞅就依法处罚了监督他行为的老师公子虔，以墨刑处罚了给他传授知识的老师公孙贾。第二天，新法又开始正常运行了。十年过去，秦国享受到了变法的成果，路上没有人拾别人丢的东西为己有，山林里没了盗贼，人们富裕安定，百姓勇于为国家打仗，不敢为私利争斗，乡村、城镇社会秩序安定。秦国成了最强盛的国家之一。

任贤用能，中兴之君

说了商鞅，就不能不讲讲秦孝公。秦国的强盛跟孝公有很大的关系，有良臣没有明主也将一事无成，下面我们来看孝公的故事。先说说当时的天下大势。孝公元年（前 361），黄河和崤山以东有六个强国，秦孝公与齐威王、楚宣王、魏惠王、燕悼侯、韩哀侯、赵成侯并立。淮河、泗水之间有十多个小国。楚国、魏国与秦国接壤。魏国修筑长城，从郑县筑起，沿洛河北上，北边据有上郡之地。楚国的土地从汉中往南，据有巴郡、黔中。周王室衰微，诸侯用武力相征伐，彼此争杀吞并。秦国地处偏僻的雍州，不参加中原各国诸侯的盟会，诸侯们都把秦国视为夷狄。孝公于是广施恩德，救济孤寡，招募战士，明确了论功行赏的法令，并向全国发布命令说："我们秦国最初在缪公时，在岐山、雍邑之间，实行德政、振兴武力，在东边平定了晋国的内乱，疆土达到黄河边上；在西边称霸于戎狄，拓展疆土达千里。天子赐予霸主称号。诸侯各国都来祝贺，给后世开创了基业，盛大辉煌。但是到了后来的厉公、躁公、简公、出子的时候，接连几世不安宁，国家内有忧患，没有空暇顾及国外的事，结果晋国攻夺了我们先王河西的土地，诸侯也都看不起秦国，耻辱没有比这更大的了。献公即位，安定边境，迁都栎阳，并且想要东征，收复缪公时的原有疆土，重修缪公时的政令。我缅怀先君的遗志，心中常常感到悲痛。宾客和群臣中有谁能献出高明的计策，使秦国强盛起来，我将让他做高官，分封给他土地。"秦国后来的一系列改革和发展，都是源于孝公的这篇政治宣言。

在内政上，孝公任用商鞅，成效显著。在对外关系上，秦国也是节节胜利，很快确立了霸主的地位。孝公七年（前355），孝公与魏惠王在杜平会盟。八年（前354），秦国与魏国在元里交战，取得胜利。十年（前352），卫鞅任大良造，率兵包围了魏国安邑，使安邑归服了。十二年（前350），修造咸阳城，筑起了公布法令的门阙，秦国就迁都到咸阳。把各个小乡小村合并为大县，每县设县令一人，全国共有四十一个县。开辟田地，废除了井田制下的纵横交错的田埂。这时秦国东边的地界已经越过了洛水。十四年（前348），开始制定新的赋税制度。十九年（前343），天子赐予霸主称号。二十年（前342），诸侯都来祝贺。秦国派公子少官率领军队与诸侯在逢泽会盟，朝见天子。二十二年（前340），卫鞅攻打魏国，俘虏了魏公子卬。二十四年（前338），秦国与魏军在岸门作战，俘虏了魏国将军魏错。这一系列的胜利为后来秦统一六国奠定了坚实的基础。

远交近攻，步步为营

　　范雎的经历很曲折，他是魏国人，本来是贵族子弟，后来家道没落了。但他口才好，善于辩论，很有才能，他也很想报效自己的祖国，建功立业，但是因为家贫没有钱打点疏通门路，不得不改为入中大夫须贾门下做宾客。魏昭王让须贾出使齐国，范雎随往，凭雄辩之才深得齐王敬重。齐王欲留他任客卿，并赠黄金十斤，牛、酒等物，均被他谢绝。须贾回国，不仅不赞扬他的高风亮节，反向相国魏齐诬告他私受贿赂，出卖情报。魏齐将他拷

打得肋折齿落，体无完肤，又用席裹弃于茅厕，让宾客往他身上撒尿。范雎装死，被抛于郊外，返家后即托好友郑安平将自己藏匿，化名张禄，并让家人举丧，使魏齐深信自己已死不疑。

半年后，秦昭王派使臣王稽访魏。郑安平设法让范雎暗同王稽会面。经交谈，王稽发现范雎是难得之才，便将他和郑安平带回秦国。时值秦昭王三十六年（前271），秦国势强盛，但朝政被昭王生母宣太后和舅舅穰侯、华阳君和两个弟弟泾阳君、高陵君所把持，排斥异己，对来自各国的宾客和辩士不太欢迎。王稽虽多方努力，范雎仍得不到昭王的召见，只好强捺焦躁，等待时机。

过了一年，穰侯魏冉为扩大自己的封地，欲率兵经韩、魏去攻打齐国。范雎抓住这一良机上书昭王，请求面谈。昭王用车把他接入宫中。在这次见面谈话中，他首先用"秦国人只知有太后、穰侯，不知有秦王"触及了昭王有苦难言的心病。然后指出秦国内政弊端，即昭王上畏于太后之威严，下惑于权臣的谄诈，身居深宫，陷于包围之中，终身迷惑，无法辨明是非善恶。长此下去，大则国家覆灭，小则自身难保。范雎慷慨直言，得到了昭王信任。昭王当即表示，今后无论大小事，上及太后，下至群臣，该怎么办，要范雎尽管赐教，不要有任何顾虑。范雎接着告诉昭王，穰侯跨越韩、魏攻齐不是正确决策。出兵少不足以败齐，出兵多使秦国受害。打败了，为秦之大辱；打胜了，所占地无法管理，只会让韩、魏从中渔利。伐齐于秦有百害而无一利。昭王觉得范雎说得很有道理，于是拜他做了客卿，又下令撤回伐齐之兵。从此，范雎的一身谋略终于有了施展的空间。

对外为达到兼并六国的目的，范雎提出了"远交近攻"的战略思想，即对齐、楚等距秦较远的国家先行交好，稳住他们不干预秦攻打邻近诸国之事。魏、韩两国地处中原，有如天下之枢纽，离秦又近，应首先攻打，以除心腹之患。魏、韩臣服，则北可慑赵，南能伐楚，最后再攻齐。这样由近及远，得一城是一城，逐步向外扩张，好比蚕食桑叶一样，必能统一天下。昭王三十九年（前268），昭王用范雎计谋，派兵伐魏，攻占怀（今河南武陟西南）。两年后又攻占邢丘（今河南温县东）。四十二年（前265），范雎又谋划攻打韩国，首先攻占地处韩国咽喉的荥阳，将韩断为三截，致使韩处于危亡之中，

不得不听命于秦。经过一系列征战，秦国势力越来越强，各国无不震动。

　　对内昭王按范雎的谋划，实行"固干削枝"的政策，坚决剥夺亲贵手中之大权，于昭王四十一年（前266）收回穰侯的相印，令其回封地养老。拜范雎为丞相，封为应侯，封地在应城（今河南鲁山之东）。接着又把华阳君、泾阳君、高陵君驱逐到关外，将宣太后安置于深宫，不准再干预朝政。通过这些变革，消除了内部隐患，使权力集中于以秦昭王为首的中央手中，政权更加巩固。

一身是胆，一心为公

　　战国时期，赵王得到了一块名贵的宝玉——和氏璧，这可是个价值连城的宝物。这件事让秦王知道了，他写封信给赵王，说愿意用十五座城池来换和氏璧。这里的道理很明白，秦王是个强横之人，他一向是只占便宜不吃亏，怎么会做吃亏的买卖？这件事很可能是个圈套，但是如果直接拒绝秦王，又可能引来不必要的纠纷。赵王想来想去，拿不定主意，就和大臣们商量，但大臣们也一筹莫展。

　　蔺相如是个勇敢又机智的人，他知道了这件事，就对赵王说："大王，让我带着和氏璧去见秦王吧。我到那里见机行事。如果秦王真地不肯用十五座城池来交换，我一定把和氏璧完整地带回来。"赵王最终决定让蔺相如担当这次出使的重任。

　　蔺相如到了秦国，在王宫里拜见了秦王。蔺相如双手把和氏璧呈上。秦王接过来左看右看，这可是天下罕见的珍奇异宝，哪有不惹人喜爱的道理。他看完了，又传给大臣们一个一个地看，然后又交给后宫的妃子们去看。蔺相如一个人站在旁边，等了很久，也不见秦王提起割让十五座城池的事情，他已经清楚了秦王根本没有用十五座城池换取宝玉的诚意。可是宝玉已经到了秦王手里，怎么才能拿回来呢？他转念一想就有了一个小计策。

　　蔺相如走上前去，对秦王说："这块和氏璧虽然看着挺好，可是有一点小瑕疵，让我指给大王看。"秦王一听和氏璧有瑕疵，自己却没有发现，就没有多想，让人把宝玉从后宫拿给蔺相如，说："你给寡人指出来看看。"

　　拿到和氏璧的蔺相如心沉气稳，他不是向前走向秦王，而是大步后退

几步，身体靠定秦宫的大柱子，义正词严地对秦王说："当初大王差人送信给赵王，说情愿拿十五座城来换赵国的和氏璧。赵国大臣都说，千万别相信秦国骗人的话。我可不这么想，我说老百姓还讲信义呐，何况秦国的大王哩！赵王听了我的劝告，这才派我把和氏璧送来。没想到方才大王把宝玉接了过去，随便交给下面的人传看，却不提起换十五座城的事情来。这样看来，大王确实没有用城换璧的诚心。这块宝玉在我手里，如果大王硬要逼迫我，我情愿把自己的脑袋和这块宝玉一块儿撞碎在这根柱子上！"说着，蔺相如举起和氏璧，面对柱子就要摔过去。

秦王被蔺相如的机智给打乱了方寸，一时不知如何是好，但他担心宝玉真地被撞碎，他可是竹篮打水一场空了，于是忙不迭地向蔺相如赔不是，企图稳住相如："大夫且不要着急，君子无戏言，何况我是一国之君呢，我说的话一定算数哩！"说着叫人把地图拿来，假惺惺地指着地图说："从这儿到那儿，一共十五座城，都划给赵国。"蔺相如早看透了秦王的鬼把戏，但表面上也不能立即戳穿，他整了整衣服，向前走了两步，缓缓地说：这块宝玉是无价之宝，赵王视作命根子，他送它到秦国来的时候，斋戒了五天，还在朝廷上举行了隆重的仪式。如今大王您要接受这块宝玉，也应该斋戒五天，在朝廷上举行一个仪式吧，这样就更合情合理了。"秦王哪里喜欢这繁文缛节，可一时又不知道怎么反驳，当然他也不知道这是相如的缓兵之计，眼下看相如态度坚决，只得故作大度地说："好！就这么办吧！"

蔺相如抱着宝玉回到公馆，赶紧命令一个手下人乔装改扮，化装成一个买卖人的模样儿，把那块宝玉包着藏在身上，悄悄地从小道跑回赵国去了。后来秦王知道了真相，蔺相如据理力争，秦王也对相如无可奈何。除了这"完璧归赵"的故事，蔺相如对赵国的功劳还有"渑池之会"。可以说，在弱肉强食的战国时代，一靠军队，二靠外交，作为并不足够强大的赵国，能让虎狼之国的秦占不到便宜，不受侮辱，蔺相如做出的贡献很让人钦佩。后来，赵王因为蔺相如在渑池会上有功，封蔺相如为上卿。但相如并不恃功气傲，他依然保持本色。

赵王对蔺相如的重用触动了一个人，就是赵国的大将廉颇。廉颇给赵国立下了赫赫战功，可是现在一个门人出身的相如居然一下子跑到了他的前面，廉颇自然有些不服气。作为武将，廉颇没有掩饰自己心中的不快，他甚至扬言要当面侮辱蔺相如，让他下不了台。相如知道后，不愿意和廉颇争位次先后，便处处留意，避让廉颇，上朝时假称有病，以便回避。 有一次，蔺相如乘车外出，远远望见廉颇骑着高头大马迎面而来，急忙叫手下人把车赶到小巷里避开。蔺相如的门客韩勃便以为相如害怕廉颇，非常气愤。蔺相如对他们解释说：“依你们看来，是廉将军厉害呢，还是秦王厉害呢？”门客们说：“当然是秦王厉害了。”蔺相如说：“对了，秦王这样威焰万丈，我却在朝堂上斥责他，侮辱他的臣子们，难道我会单单害怕一个廉将军吗？不过我想，强暴的秦国之所以不敢对赵国用兵，正是因为赵国文有蔺相如，武有廉颇呀。如果我们两个互相搏斗起来，那情势发展下去，一定不能一起生存。我对廉将军一再退让，正是以国家利益为重，把私人恩怨的小事抛在脑后啊！”

蔺相如的这番话，使他手下的人极为感动。相如手下的人也学习蔺相如的样子，对廉颇手下的人处处谦让。 廉颇本来也是深明大义之人，只是一时的气不顺而已，这事他知道后，很是感动，也很为自己的匹夫之勇感到惭愧。于是脱掉上衣，在背上绑了一根荆杖，请人领到相如家请罪，并沉痛地说：“我是个粗陋浅薄之人，真想不到上卿对我如此宽容。”廉颇的“负荆请罪”让相如也心有不忍。相如连忙亲自解下他背上的荆条，两人落座，坦诚相见，非常融洽，由隔阂变成了生死至交。这就是“将相和”的故事，有了廉蔺的文武合璧，一心为公，秦国也不敢打赵国的主意了。蔺相如的胆识、智慧和公心千古传颂。

忠义两全，礼贤下士

作为战国四公子之一和魏国的支柱，信陵君无忌的不拘一格降人才和着眼大局是值得后人学习的。信陵君的爱士从对侯嬴的识拔、任用可见一斑。侯嬴本来是魏国的隐士，已经 70 岁了，家境贫寒，是魏国都城大梁东门的看门人。无忌听说了这个人，就派人去拜见，并给他送了一份厚礼。但是侯嬴不肯接受，说："我几十年来修养品德，坚持操守，终究不能因我看门贫困的缘故而接受公子的财礼。"无忌心想一定是自己的诚心不够，没有打动侯嬴吧。于是他就大摆酒席，宴饮宾客。大家坐定之后，无忌就带着车马以及随从人员，空出车子上的左位，亲自到东城门去迎接侯嬴。大家知道有个词叫虚左以待，古人以左边为尊位。侯嬴简单一整衣帽，径直上了车子一屁股坐在公子左边的尊位，丝毫没有谦让的意思。再看无忌手握马缰绳，亲自驾车，非常恭敬，侯嬴心里不禁有点感动。他又对公子无忌说："我有个朋友在街市上的屠宰场，能否麻烦您载我去拜访一下他。"无忌听了立即调转方向前往集市，侯嬴下车去会见他的朋友朱亥，他与朱亥聊了很久，连无忌的随从都有些对侯嬴不满了。这时再看无忌毫无厌倦或者不耐烦，侯嬴这才感觉到，公子无忌是一个真正可以效命的人。他们赶往宴会之处，这时的大殿里魏国的将军、宰相、宗室大臣以及高朋贵宾早已坐满在堂上，正等着公子举杯开宴呢。无忌和侯嬴相携着走进厅堂，无忌让侯嬴坐到上位，并隆重地向全体宾客介绍了侯嬴，满堂宾客无不惊异。酒兴正浓时，无忌站起来，恭恭敬敬走到侯先生面前为他祝寿。侯嬴也情不自禁地说："今天真是有劳公子了，我很感动，我一个城门看门人，公子能够屈尊降贵，为我驾车马，陪我到嘈杂的集市会见朋友，又在这样隆重的场合如此礼遇我，要我说什么好呢？当然了，可能有人不解，我刚才的一些做法是不是有些过于难为公子了？其实不是啊，我就是要牺牲我一个小人物的脸面，成全公子真正礼贤下士的口碑啊。"无忌听了侯嬴的良苦用心，也很感动，从此，侯嬴成了上宾，无忌很是倚重。

后来发生了一件事，秦国攻打赵国，赵国便向魏国求救，魏王摄于强秦的势力，不敢出兵。无忌对这一切有自己的看法，他知道，赵魏两国唇齿相依，如果赵国为秦所灭，魏国也不会有好结果，但是他知道魏王也无法说服，于是他就决定自己带兵，以私人的力量去帮助赵国。他约请宾客，准备车骑百余辆，就想以这些兵力去抗击秦军。他路过夷门的时候遇见了侯嬴，他把自己同秦军拼死的想法告诉了侯嬴。在这个紧要关头，他多么想换得自己最信赖的侯先生的慰藉和支持啊。然而出乎意料的是，在这个很可能是诀别的时刻，侯嬴却说："公子好自为之吧，老臣年老体衰，怕是不能有所助益了。"无忌别了侯嬴，心中很有些失落，想道："难道自己真的是错看侯嬴了么，还是自己对待他不够礼遇周到？在这上战场的时候，他居然能这样冷漠，毫无关心帮助之意，真是失望又可气。"无忌越想越不舒服，他决定回头问问侯嬴，为什么这样？

侯嬴已经在道边迎接他了："公子，我知道您会回来的，您一定很纳闷我的态度。"侯嬴笑笑说："实不相瞒，我对公子的做法并不赞同。公子喜欢人才，名声传遍天下，有了危难，没有别的办法，却想到同秦军去拼死，这好比把肉投给饥饿的老虎，能有什么功效呢？你为什么不想想办法呢，你的那些智慧的门客都当作普通一卒，岂不可惜？"公子连拜两拜，诚恳地说"愿闻先生高论"。侯嬴屏退众人悄悄地说："侯嬴听说咱们魏国大将军晋鄙的兵符常放在魏王的卧室里，而如姬最受魏王的宠幸，每天都能出入魏王的卧室，以她的条件能将这东西偷出来。侯嬴又听说如姬的父亲被人杀害，如姬立意报仇已经三年，从魏王以下都想为她父亲报仇，没有做到。如姬对公子哭诉此事，公子派门客斩掉她仇人的头颅，献给如姬。如姬想为公子去死，在所不辞，只是没有机会罢了。只要公子开一开口，如姬一定出手相帮，有了虎符，夺过晋鄙的军权，北边援救赵国，西边打退秦军，这才

是公子您应该做的啊！"公子听从了侯嬴的计策，如愿得到了兵符。

启程时，侯嬴对公子说："将军在外作战，国君的命令可以不接受的，一心一意打仗，反而对国家有好处。公子拿着兵符去晋鄙那里调兵，如果晋鄙配合则罢，如果不顺利移交兵权，又搪塞要请示魏王，那为了国家利益，就只能杀掉他了。我的朋友朱亥是个大力士，他可以解决这个事。"无忌听完哭了。侯嬴说："公子难道是怕死吗？"无忌说："晋鄙是一个有功劳有威势又忠诚的老将，此番前去，他怎能听从于我，那么留给他的就只有死路一条了，我是为这个难过！"于是无忌邀上朱亥，说："尊敬的老壮士，想必侯先生已经跟你说过了，这个事情有劳您了。"朱亥笑到："公子何必客气，这是我一直期待的报效公子的机会。我一个市井屠夫，蒙公子不弃，多次慰问，没有回报，心有不忍。如今公子有了危难，这正是我效命的时机！"于是慷慨同行。出发的时候，侯嬴对无忌说："我本应当跟随公子前往，但实在年老，怕是累赘，不过计算行期，公子到达晋鄙军营的日子，也是我以死相报的时候。"无忌泪流满面，他还要说什么呢，他知道劝阻是没有用的，侯嬴就是为了保密，如此睿智、忠诚的先生就此就要别过了，无忌能不难受么？

后来无忌到了邺城，因为怕老将军晋鄙节外生枝，只能由朱亥锤杀了他。无忌精简了军队，将家中需要养老的或独生的士兵都派送回家，这样人心更齐了，战斗力也更强了，随后解除了秦兵的围困，救了赵国，信陵君的大名在诸侯间传开了。

招揽贤才，辅成帝业

按照史书的记载，李斯是一个可以商榷的人物，他很不完美，甚至有点劣根性，但这并不能否定李斯对于秦国立下的功劳，否定他的实干精神。

李斯本来是楚国上蔡人，是后来的大儒家荀卿的学生。对于秦国而言，他是个客卿。到了秦国以后，凭借才学很快就得到丞相吕不韦的器重，而且也逐渐有了向秦王进谏的机会，秦王能够统一六国，其实和李斯的不断鼓励是分不开的。有一次，他对秦王说："凡是干成事业的人，都必须要抓住时机。过去秦穆公时虽然很强，但未能完成统一大业，原因是时机还不成熟。自秦孝公以来，周天子彻底衰落下来，各诸侯国之间连年战争，秦国才乘机强大起来。现在秦国力量强大，大王贤德，消灭六国如同扫除灶上的灰尘那样容易，现在是完成帝业，统一天下的最好时机，千万不能错过。"

君臣二人的想法越来越一致，秦王开始越来越多地信赖李斯。李斯给秦王进献了离间计，用贿赂、刺杀恐吓等不是很光明的手段瓦解了六国的团结和势力，又确立了蚕食的战略。当然李斯的具体做法有待推敲，但也透露出对手的人性弱点。不能否认的是，李斯的战略步骤和功劳都是突出的。很快他就被秦王擢拔为长史。

我们知道，战国末年，国家之间用点阴谋诡计很正常，属于高层战略。秦国在离间别人的同时，自己也悄然在被别的国家所利用。比如正当秦王下决心统一六国的时候，韩国早看出了其虎狼之心，就派水工郑国到秦鼓动修建水渠，想借此削弱秦国的人力和物力，牵制秦的东进，这也算拖延之计吧。后来郑国修渠的目的暴露了，而六国派来的间谍也越来越多。于

是针对客卿的纷纷议论，有人对秦王说："各国来秦国的人，大抵是为了自己国家的利益来做破坏工作的，请大王驱逐他们。"秦王气愤之下下了逐客令。

李斯给秦王写了历史上著名的《谏逐客书》，告诉了秦王不能以偏概全、因噎废食的道理，要看主流，看益处。他说："我听说群臣议论逐客，这是错误的。从前秦穆公求贤人，从西方的戎请来由余，从东方的楚国请来百里奚，从宋国迎来蹇叔，任用从晋国来的丕豹、公孙支。秦穆公任用了这五个人，兼并了二十国，称霸西戎。秦孝公重用商鞅，实行新法，移风易俗，国家富强，打败楚、魏，扩地千里，秦国强大起来。秦惠王用张仪的计谋，拆散了六国的合纵抗秦，迫使各国服从秦国。秦昭王得到范雎，削弱贵戚力量，加强了王权，蚕食诸侯，秦成帝业。这四代王都是由于任用客卿，对秦国才做出了贡献。客卿有什么对不起秦国的呢？如果这四位君王也下令逐客，只会使国家没有富利之实，秦国也没有强大之名。"

李斯的这封上书情词恳切，而且确实反映了秦国历史和现状的实际情况，代表了当时有识之士的见解。秦王也明辨是非，果断地采纳了李斯的建议，收回了逐客令，李斯又一次被重用，升为廷尉。

这时即将被杀的郑国也借助李斯的理论向秦王进言，说修渠本来有政治目的，但兴修水利，于国于民的未来是有益无害的。秦王决定也不杀郑国，让他继续领导修完水渠，这就是著名的郑国渠。在取消逐客令不久，魏国大梁人尉缭也来到了秦国，他也主张用贿赂和暗杀之计，这进一步加快了秦统一六国的进程。可以说客卿在其后为秦国的经济、政治、军事、文化的迅速发展，都做出了积极的贡献。这与李斯的进谏是分不开的。

知己知彼，百战百胜

　　王翦是频阳东乡人。少年时就喜好军事，后来为秦王效力。王翦可以说是秦国的一位常胜将军，战无不胜，攻无不克，我们来看看他的功劳簿。秦始皇十一年（前236），王翦带兵攻打赵国的阏与，不仅攻陷阏与，还一连拿下九座城邑。秦始皇十八年（前229），王翦领兵攻打赵国。一年多就攻取了赵国，赵国被设置为秦国的郡。第二年，燕国派荆轲到秦国谋杀秦王，秦王派王翦攻打燕国。燕王喜逃往辽东，王翦终于平定了燕国。秦王派王翦的儿子王贲攻击楚国，楚兵战败。掉过头来再进击魏国，魏王投降，最后平定了魏国。可见在秦王统一六国的过程中，王翦的汗马功劳，而王翦的可贵就在于他的知己知彼，有一件事是最好的证明。

　　秦王灭掉韩、赵、魏三国，赶跑了燕王喜，同时多次战败楚军，不由得滋生出骄傲情绪来。秦国有个年轻将领叫李信，这个人曾经捉到过太子丹，很为秦王解气，所以秦王很看重李信，认为他甚至已经超过了王翦等一批老将了。一天，秦王问李信："我打算攻取楚国，李将军估计需要调用多少人马？"李信回答说："最多不过二十万人。"秦王转过来又问王翦，王翦回答："非得六十万人不可。"秦王说："王将军老喽，有些胆怯呀！"于是秦王就派李信及蒙恬带兵二十万向南进军攻打楚国。王翦回到频阳家乡养老。李信攻打平与，蒙恬攻打寝邑，大败楚军。接着李信进克鄢郢，带领部队向西前进，要与蒙恬在城父会师，眼看胜利在望。殊不知楚军正在跟踪追击他们，连着三天三夜不停息，如从天降，李信的部队猝不及防，被打得

大败。

战报报给秦王，他一是震怒，一是懊悔，秦王意识到还是老将王翦说得对，自己错怪他了，一切都是轻敌惹得错。血的教训摆在面前，秦王连夜奔往频阳，登门向王翦道歉："我由于没采用您的计策，李信领兵打了败仗，楚军的士气很高涨，已经向我方逼近，我深信只有将军您才能对付楚军，危难将临，希望将军忘记前嫌，为我们的国家出山迎敌。"王翦看推辞不得，就说："大王若要用我，还是非六十万人不可。"这次秦王一口答应说："全听将军。"

作为老将，王翦用兵张弛有度，很有尺度和火候。他带领六十万大军抵达战场。他知道此时楚军士气正旺盛，所以并不立即与之交锋，而是构筑坚固的营垒采取守势。任凭楚军屡次挑战，始终坚守不出。王翦让士兵们天天休息洗浴，供给上等饭食抚慰他们，亲自与士兵同饮同食。过了一段时间，王翦派人询问士兵中玩什么游戏？回来报告说："正在比赛投石看谁投得远。"王翦心理想："士兵的求战欲望已经到了一个临界点，要把握时机，决此一战了。"再说楚军屡次挑战，秦军不肯应战，就领兵向东去了。王翦趁机发兵追击他们，派健壮力战的兵丁实施强击，大败楚军。追到蕲南，杀了他们的将军项燕。这个项燕就是后世鼎鼎大名的项羽的叔祖。秦军乘胜追击，占领并平定了楚国，俘虏了楚王负刍，楚国成了秦的郡县。王翦又乘胜追击，南征百越。秦始皇二十六年（前221），秦能兼并诸国，统一天下，王翦的功劳很大，而关键的一仗就是知己知彼的秦楚一战。

这里还有一个细节可以看出王翦的细致和智慧。出征楚国时，秦王到灞上送行。王翦忽然回头请求秦王赐予他许多良田、美宅、园林池苑等。秦王很吃惊，不过转念就满口答应："一切按照将军要求安排妥当，不必挂念。"王翦开玩笑地说："大王别介意，我要趁您正器重我的时候，给我的子孙后代置份家产，让他们将来能够在您的麾下活得富足幸福。"秦王听得大笑起来，对王翦的要求很是出乎意料。很多亲信不理解王翦的要求，觉得大战当前，如此要求有过分私欲之嫌，也容易让秦王和臣僚看不起啊。王翦说："这么说不对。秦王性情粗暴对人多疑。现在大王把全国的武士调光特地委托给我，我不用多多请求赏赐田宅给子孙们置份家产来表示自己出征的坚定意志，竟反而让秦王平白无故地怀疑我吗？"老将就是老将，富有政治智慧，胆大心细，岂能不百战百胜。

北筑长城，佑我中华

　　不得不承认，秦朝初年是一个将星辈出的时代。为秦始皇统一中国立功最大的除了王翦，还有蒙氏家族，其中蒙恬还因为北筑长城而名气极大。蒙恬身出将门，他的祖父蒙骜是齐国人。秦昭王时，蒙骜从齐来到秦，官至上卿。蒙骜也是战功卓著，历仕庄襄王和始皇帝，在对韩魏诸国的攻占中，屡打胜仗。蒙恬的父亲蒙武，也是一员大将。秦王两次伐楚，蒙武分别充担了李信、王翦的副将，对平定楚国及南方起到了决定性的作用。

　　蒙恬曾学狱法为狱官，并负责掌管有关文件和狱讼档案。蒙恬还有一个弟弟叫蒙毅，后来官至上卿，是秦始皇的得力助手，成为了秦朝的重臣。

　　秦始皇外出时，蒙恬的弟弟蒙毅陪同与始皇共乘一车，在朝时又侍从始皇的左右。蒙恬兄弟二人，一个负责对外军事，一个谋划国内政事，有忠信为国的美名。秦国的其他将相都不能与他兄弟二人争宠。蒙氏家族世代为将，战功显赫，到了蒙恬这一代更达到了事业的顶峰。

　　公元前 221 年，蒙恬做了秦国将军，此时秦始皇的统一大局已成，蒙恬攻破了齐都，展现出非凡的军事才华，秦始皇为发现这样一个杰出的将领而高兴。而蒙恬最大的作用也是在秦王朝建立之后才凸显出来的，那就是他主持的对匈奴之战。

　　战国末年，在中原混战的同时，中国的北方一直活跃着一个善于骑射凶悍无比的民族——匈奴，他们利用中原战乱之机，不断骚扰北方各国。在秦统一中原的同时，他们乘机跨过黄河，占领了河套以南的大片土地，直接威胁着秦都咸阳的安全，成为整个帝国最后的心腹之患。于是秦始皇决定派蒙恬北击匈奴。

公元前 215 年，蒙恬为帅，统领 30 万秦军决战匈奴。在黄河之滨，以步兵为主的秦军与匈奴骑兵展开了一场生死之战。蒙恬率领的军队以锐不可当的破竹之势，在黄河上游（今宁夏和内蒙古河套一带地区），击败匈奴各部大军，迫使匈奴望风而逃，远去大漠以北七百里。从此张狂一时的匈奴再"不敢南下而牧马"。蒙恬仅一战就将彪悍勇猛的匈奴重创，使其溃不成军，四处狼奔。后世匈奴几十年不敢进汉地，都是慑于蒙恬的勇战。后来为了长治久安，蒙恬统率重兵坐镇上郡（今陕西榆林市境内），在河套黄河以北（今内蒙古乌拉山一带），筑亭障，修城堡，又挖沟渠，筑长城一万余里，西起临洮，东到辽东，不仅保卫了关中、中原的安定，也对河套地区及广大北方地区的开发创造了条件，对后世产生了深远的影响。

伺机而动，战略大师

张良是秦末汉初人，汉初三杰之一。人们都知道他年轻时在圯上遇见黄石公得到《太公兵法》的传说。张良是位智勇双全的人，秦国灭韩，为了报仇，年轻时张良曾在河南博浪沙暗杀秦始皇，因为没成功而做了著名的逃犯，这可以看出张良的忠诚和血性。张良是汉朝的开国元勋，很多决定性的事件都与他有关，甚至后来刘邦的立储都是受了张良的影响。

灭秦之后，项刘争夺天下。项羽也很勇义，鸿门宴之前，他驻军鸿门，急需除掉与其对垒的刘邦。而这个消息被项羽的手下——张良的好友项伯透露给了刘邦，刘邦才因此有所准备，躲过了鸿门宴一劫。而这其中隐忍退让的战略谋划就出自张良。

汉元年（前206）正月，刘邦做了汉王，统治巴蜀地区。后来在张良的疏通努力下，刘邦得到了汉中地区，这是汉朝立国的坚实根基，刘邦的野心已经急切膨胀。这一次又是张良给他提醒：现在还不是与项羽逐鹿中原的良机，因为强大的项羽正把你刘邦作为最主要的敌人，那怎么办呢？"大王为何不烧断所经过的栈道，向天下表示不再回来的决心，以此稳住项王的内心？"于是刘邦烧断了所经过的栈道，项羽就认为刘邦不会再东进了，就放松了警惕。

后来刘项交手，起初彭城一战，汉军战败，刘邦的自信受到了打击。刘邦说："我打算舍弃函谷关以东等一些地方作为封赏，谁能够同我一起建功立业呢？"张良进言说："九江王黥布是楚国的猛将，同项王有隔阂；彭越与齐王田荣在梁地反楚。这两个人可立即利用。汉王的将领中唯有韩信可以托付大事，独当一面。如果要舍弃这些地方，就把它们送给这三个人，那么楚国就可以打败了。"刘邦于是派随何去游说九江王黥布，又派人去联络彭越。等到魏王豹反汉，汉王派韩信率兵攻打他，乘势攻占了燕、代、齐、赵等国的领地。而最终击溃楚国的，正是这三个人的力量。可见在刘邦统一天下的进程中，战略上的谋划主要得益于张良。

伯乐之才，治世能臣

萧何是秦末汉初泗水沛人，就是今江苏沛县，他是刘邦的老乡。萧何做过沛县主吏掾、泗水郡卒吏等职，持法严明。我们都知道"成也萧何，败也萧何"的故事，这从另一个层面也告诉我们，萧何对于汉朝的重要。萧何的功绩很大，第一是为刘邦得到了韩信，第二是治国有方，安定了汉初的政治局面。

韩信本来就是刘邦的手下，为什么要说得呢？原来像韩信这样的大才，在最初的时候并不为人所知，也是埋没在众人之中的。千里马常有，伯乐不常有，韩信就是萧何发掘出来的，有个故事叫萧何月下追韩信。刘邦的部下多是原来六国之人，大军来到南郑，军士思乡心切，有的不被重用的军官就跑回了家，韩信就是其中一个。别人跑了也就作罢，在萧何的眼里，韩信有不世的才华，将来得天下全靠此人。于是萧何来不及向刘邦报告，连夜去找韩信。于是就闹出了个插曲，有不明底细的人报告刘邦说："丞相萧何逃跑了。"刘邦自然很生气。

后来萧何回来，刘邦又怒又喜，责问萧何"你擅自离开我，有什么要紧的事儿？"萧何就把追韩信的事儿说了，又隆重推荐了韩信，说"走的人都比较容易得到，但是韩信却找不到第二个，大王如果只是想长期汉中称王那可以不用韩信，如果想争夺天下，那除了韩信就没有能为大王解决的人了，这全都看大王你的打算来决定了。"萧何接着说，"像韩信这样的人才，您一定要重用，他才会留下来，否则早晚还会离开。"刘邦说："我让他做将军不行么?"萧何说:"如果只是让他做将军,韩信一定不会留下。"于是刘邦就让韩信做大将,他要把韩信叫来。刘邦心里想,多少人对大将梦寐以求而不得,我一句话给了你韩信,你还不得感恩戴德啊?萧何着急了,"大王万不可轻慢无礼,您任命大将是希望这些人与您共谋大业,不能像叫小孩一样。对贤才要足够尊重,大王想要任命韩信一定要择良辰吉日,斋戒,设坛场,隆重拜将。"在使用韩信这件事上萧何起了决定作用,后世常讲"登坛拜将"也都源于此。

萧何治国有方。刘邦进入咸阳,萧何把相府及御史府的法律、户籍、地理图册等收集起来,使刘邦知晓天下山川险要,人口、财力、物力的分布情况。项羽称王后,萧何劝说刘邦接受分封,立足汉中,养百姓,纳贤才,收用巴蜀二郡的赋税,积蓄力量,然后与项羽争天下。楚汉战争中,萧何留守关中,安定百姓,征收赋税,供给军粮,支援了前方的战斗,为刘邦最后战胜项羽提供了物质保证。西汉建立后,刘邦认为萧何功劳第一,封他为侯。

说萧何就不能不提曹参,大家都知道"萧规曹随"。刘邦死后,萧何作为相国继续辅佐惠帝,后来萧何死了,他举荐曹参接任。耐人寻味的是,曹参继任,所有的事务都没有改变的,完全遵守萧何制定的规约。选拔郡和封国的官吏:呆板而言语钝拙、忠厚的长者,就召来任命为丞相史;说话雕琢、严酷苛刻、想竭力追求名声的官吏,就斥退赶走他。

曹参不仅自己不创新,而且也不主张手下有作为,他的这些行为,惠帝也不理解,后来就责问他。曹参摘下帽子谢罪说:"陛下自己考察和高皇帝比哪一个圣明英武?"皇上说:"我怎么敢与先帝比呢!"曹参又说:"陛下看我的能力和萧何比,哪一个更强?"皇上说:"你好像赶不上萧何。"曹参说:"陛下说的正确。况且高皇帝和萧何平定天下,法令已经明确,现在陛下垂衣拱手,我这样一类人恪守职责,遵循前代之法不要丢失,不也可以吗?"当然我们不考究曹参是不是有怠政的嫌疑,汉初推崇黄老之术,讲究无为而治,与民休养生息,这些国策也未必适合于任何时候,但是从一个侧面,也可以看出萧何留下的法律法规很完备,所以曹参才能够如此"坐享其成"。

　　萧何、曹参接连担任相国，保持了政策法规的连续性，国家也从长年战乱的蹂躏中走了出来，所以汉初政治稳定、经济发展、人民生活日渐提高，这与萧何是分不开的。

千古飞将，御敌有方

李广身出将门，英勇，精骑射，善带兵，有谋略。因为敢于打硬仗，所以李广长期做北部边郡的太守。李广严重打击了匈奴的侵扰，最终保卫了北方百姓的安宁。李广运乖数奇，在盛行以军功封侯的大汉王朝，他一生不过列将，最后还因不愿面对刀笔吏的无理责问而自杀，可说悲壮，然而这丝毫不能抹杀一段英雄戍边、战功卓著的传奇。

匈奴曾大举入侵上郡，因为李广抗击匈奴得法，景帝就派一名宦官来实地学习经验。这位宦官带领几十名骑兵在城外遭遇了三个匈奴人，这宦官根本没把三个人放在眼里。结果三个人射术精湛，几乎杀光了宦官手下的骑兵，还射伤了他本人。宦官狼狈逃回。李广说，不出所料的话，你们遇上的是匈奴中百里挑一的射雕手。他们不好对付，你等着，我去报仇。李广带上一百名骑兵前去追赶那三个匈奴人。那三人因为刚才的打斗伤了马，正徒步前行。李广亲自出手射死了其中两个，活捉了一个。李广刚把此人捆绑到马上，不料与数千匈奴骑兵遭遇了。匈奴人以为李广的数十骑是在诱敌，他们赶紧跑上山远远地把李广包围了。众人惶恐，李广稳住阵脚，说："我们离开大军几十里，一旦我们露出怯意逃跑，就会轻易被射杀。我们将计就计，停留不走，让他们确信我们是在诱敌，反倒可能保全。"在李广的带领下，一百号骑兵不退反进，在距离匈奴兵大约二里的地方停下来，解鞍下马，故作诱敌状。匈奴兵被彻底迷惑了，不敢妄动。就这样僵持到半夜，匈奴兵怕遭到大规模汉军的袭击，自己悄悄撤离。第二天早晨，李广带领他的骑兵安全返回大营。经历了一场惊险且精彩的遭遇战，众人都更加佩服李

将军的胆识。李广在马邑曾因伤病被匈奴所擒，因为单于敬慕李广，下令只要生李广，不要死李广。所以匈奴骑兵将李广放在两马之间，后来李广找准机会，将一个匈奴兵推下去，抢了他的马，躲过数百人的追杀，成功逃脱。

李广在右北平时，长年与之打交道的匈奴人称他为"飞将军"，很敬慕也很惧怕他，多年不敢骚扰边郡。

李广善于带兵。他很清廉，得到赏赐都分给手下兵士。李广一生从军，赏赐无数，却家无余财。他带兵，总是与兵士同甘共苦。遇到险境，他先人后己，饮食先让给士兵，所以李广很受兵士爱戴，这也是他的军队战斗力强的一个原因。

像列麒麟之首，敬业之臣

霍光，字子孟，是名将霍去病的异母弟，官至大司马、大将军等职位，封博陆侯。他历仕汉武帝、汉昭帝、汉宣帝三朝，期间曾主持废立昌邑王。霍光对维持和改善汉武帝一朝过度消耗的社会政治、经济局面做出了巨大贡献。在他的辅佐下，汉朝出现了史称的"昭宣中兴"。

元狩六年（前117），霍去病去世。与之一起生活在长安的霍光升任奉车都尉、光禄大夫等职位，受到汉武帝信任，前后出入宫禁二十多年，未曾犯一次错误，为人严谨，修养好。后元二年（前87）汉武帝临终时指定霍光为大司马、大将军，和金日磾、上官桀、桑弘羊一同辅佐时年8岁的汉昭帝。

辅佐昭帝期间，霍光继续执行武帝末年的"与民休息"政策，鼓励农业，发展经济，多次大赦天下，国内富足，人民安定，汉朝的国力得到一定的恢复。同时也重新恢复了与匈奴的和亲关系，不再用兵，稳定了武帝后期以来动荡不安的局势。

元平元年（前74）夏四月癸未日，汉昭帝驾崩，他没有儿子。霍光迎立汉武帝孙昌邑王刘贺即位，但27日之后就以淫乱无道的理由报请上官太后废除了他。霍光同群臣商议后决定从民间迎接武帝曾孙刘病已（后改名刘询）继承帝位。这就是汉宣帝。霍光效法殷商伊尹，行废立天子之事，从此后人合称为"伊霍"。

霍光忠诚汉室，能否确立一个像样的皇帝，将关系到国家的长治久安，为此他宁愿担负所谓擅自废立的恶名，也要对汉室、对国家高度负责。事实证明，霍光选择了汉宣帝，才使得汉朝保持了兴旺的局面。

霍光秉持汉朝政权前后达20年，他老成持重，又果敢善断，知人善任，

实为具有深谋远略的政治家。霍光善于用人，在他的周围形成了一个急于奉公的政治团体。他辅政之初，大臣议事的殿中曾发生怪异现象，众大臣都很惊疑。他为了防止意外变故，把掌管皇帝印玺的郎官召来，要郎官交出印玺，避免有人盗用它变乱朝政。但是这位执掌印玺的郎官却不愿把印玺交给他。当霍光想要夺取印玺时，这位郎官顿时愤怒，按着剑柄说，我的头可得，印玺不能交出去！这样忠于职守、舍生忘死的人，自然是国家需要的人才，因此，霍光很快给他增加了俸秩。他在平定上官桀等人政变后所用的丞相田千秋、太仆杜延年、右将军张安世等人，都是昭、宣之际颇有治略的人才。正是由于他能够知人善任，团结了一大批政治素质较高的人物，才使他的各项措施得以顺利推行。

虽然霍光是汉朝的功臣，还立了宣帝做皇帝，但功高震主，后来他死后，其家族被宣帝灭族，成为政治的牺牲品。但他的施政方针"轻徭薄赋"、"与民休息"还是为宣帝沿用。甘露三年（前51），汉宣帝因匈奴归降，回忆往昔辅佐有功之臣，命人画11名功臣图像于麒麟阁以示纪念和表扬，其中将霍光列为第一。

两通西域，开辟丝路

张骞，字子文，西汉时汉中郡城固（今陕西省城固县博望镇）人，开拓汉朝通往西域的南北道路，并从西域诸国引进了汗血马、葡萄、苜蓿、石榴、胡麻等等，为丝绸之路的开辟奠定了基础。

西汉建国时，北方即面临一个强大的游牧民族匈奴的威胁。匈奴强悍的骑兵经常骚扰和掠夺中原居民，严重威胁汉朝的统治。起初汉朝一直依靠和亲政策，军事上处于守势。汉武帝继位后，力图彻底解决匈奴问题。

汉武帝的策略是多方位的，他想到了军事的联合。因为当时的大月氏部落被匈奴击败，其首领被匈奴人砍下了头颅，用头骨制成了酒壶。奇耻大辱，大月氏部落一直想报仇，却无能为力，只能不断向西逃亡。谁去联系这个很是受了伤的可能的同盟者呢？张骞主动请缨，第一次出使西域于是开始了。西域茫茫，对于当时的汉朝人是一个未知的世界，没有足够的勇气、恒心、胸怀和智慧是不敢担当这一任务的，更不要说去完成。

建元二年（前138），张骞奉

命率领一百多人，带着武帝的结盟信，从陇西（今甘肃临洮）出发。他们西行进入河西走廊，这一地区自月氏人西迁后，已完全为匈奴人所控制。正当张骞一行穿过河西走廊时，不幸碰上匈奴的骑兵被抓获。此后十年，他们被囚禁于匈奴王庭（今内蒙古呼和浩特附近）。当时的军臣单于不能容许自己的敌人联合起来，他们一直想软化、拉拢张骞，还给张骞娶了匈奴的女子为妻，生了孩子。但坚强的张骞"不辱君命"、"不失汉节"，毫不动摇。

十年过去了，元光六年（前129）的一天，张骞等趁匈奴人的不备，离开妻儿，逃出了匈奴王庭。但此时西域的形势已发生了变化。月氏的敌国乌孙，在匈奴支持和唆使下，西攻月氏。月氏人被迫又从伊犁河流域，继续西迁，进入咸海附近的妫水地区，征服大夏，在新的土地上另建家园。张骞经过穿行戈壁、爬越冰山，终于来到了大月氏部落，付出了众多的生命代价。但这时的大月氏土地肥沃，物产丰富，并且距匈奴和乌孙很远，外敌寇扰的危险已大大减少，他们已无意向匈奴复仇了。张骞等人在月氏逗留了一年多，于元朔元年（前128），动身返国。归途中，张骞等又被匈奴骑兵俘虏，扣留一年多。直到元朔三年（前126）初，张骞趁着匈奴内乱才逃回长安，这已是十三年之后了，出发时是一百多人，回来时仅剩下张骞和堂邑父二人，可见艰苦卓绝。

张骞第一次出使西域虽然没有达到联合大月氏的目的，但却与大宛、康居、大夏等国家建立了联系，了解了乌孙（巴尔喀什湖以南和伊犁河流域）、奄蔡（里海、咸海以北）、安息（即波斯，今伊朗）、条支（又称大食，今伊拉克一带）、身毒（又名天竺，即印度）等国的许多情况。后来，张骞又一次出使西域，与乌孙王建立了联盟，扩大了中国的对外影响。张骞不畏艰险，两次出使西域，沟通了亚洲内陆交通要道，与西欧诸国正式开始了友好往来，促进了东西经济文化的广泛交流，开拓了从中国甘肃、新疆到今阿富汗、伊朗等地的陆路交通，即著名的"丝绸之路"，完全可称之为中国走向世界的第一人。

矢志不渝，史家绝唱

　　司马迁，字子长，西汉伟大的史学家、文学家、思想家。生于龙门（今山西河津），继承父亲做太史令，以"究天人之际，通古今之变，成一家之言"的夙志，克服诸多困难，创作了我国第一部纪传体通史——《史记》。该书记载了从上古传说中的黄帝时期，到汉武帝元狩元年，长达 3000 多年的历史，是"二十五史"之首，被公认为是史书典范，鲁迅誉之为"史家之绝唱，无韵之离骚"。司马迁是我国历史学之父。

　　司马迁就是为历史而生的，他出身史家，从青少年就博览群书，又身

行万里，为写作打下了坚实的基础。元朔二年（前127）19岁时司马迁随家迁于京城，拜当时的名儒孔安国、董仲舒为师学习《尚书》和《春秋》。第二年，20岁的司马迁开始了人生第一次壮游。他漫游江淮，到会稽，渡沅江、湘江，向北过汶水、泗水，于鲁地观礼，向南过薛（今山东滕县东南）、彭城，寻访楚汉相争遗迹传闻，经过大梁，而归长安，历时数年，为协助父亲著作史记做准备。元狩五年（前119），司马迁28岁，做了郎中，此后以汉武帝侍从的身份游历了很多地方，到过西北的扶风、平凉、崆峒，到过泰山和辽西，到过塞外的包头。35岁时，司马迁做为郎中将以皇帝特使的身份奉使西征巴蜀以南，到达邛（今四川西昌一带）、筰（今四川汉源一带）、昆明（今云南曲靖一带），安抚西南少数民族，设置五郡。第二年，父亲司马谈在洛阳病危，司马迁握着父亲的手，答应继孔子而续《春秋》，写一部史书。三年后，38岁的司马迁做了太史令，开始以写史为毕生的事业。

其后，司马迁潜心修史，即使陪同汉武帝四处巡游祭祀时，也不忘记考察，收集资料，很多《史记》中传主的后代，司马迁都采访过，甚至还是朋友。司马迁付出了非常的辛劳，所以这部书的价值也非同一般。然而巨大的不幸还是将临了，这是命运，也是司马迁性格的必然结果。天汉二年（前99），好友李陵逃犯匈奴，因为孤立无援战败做了匈奴的俘虏，汉武帝很生气，觉得李陵应该殉节。司马迁挺身而出，只顾情义，却触怒武帝，被罚下狱。后来，李陵被灭族，司马迁受到牵连被判死刑。按照汉朝的法律，要免死的话可以接受两条路，要不交50万钱，要不接受宫刑。宫刑是个奇耻大辱，污及先人，见笑亲友。但是为了完成《史记》的写作，48岁的司马迁接受了宫刑。后来出狱，司马迁更是发愤著《史记》，终于在他55岁时完成这部一百三十篇，五十二万六千五百字的巨作，实现了"仆诚已著此书，藏之名山，传之其人"的宏愿，也给自己的忍辱负重一个交代。

司马迁的《史记》有着特殊的历史价值。他并不赞同老师董仲舒倡导的天人感应说，而是坚持唯物主义观点，注重历史事实，反对报应神鬼的迷信说法，所以在笃信长生不死的武帝面前，司马迁注定要受冷遇。司马迁为我国史书立下了一个伟大的标准，就是"通古今之变"，以史鉴今，用变化发展的观点去考察国家成败兴亡的道理。而司马迁继承古代信史,不阿附,不谄谀,发奋著述的精神更是感染了一代又一代的后学,他的《史记》和人格光辉都是我国传统文化中一笔宝贵的财富。

大力兴学，化育一方

文翁，名党，字仲翁，西汉初年安徽舒城人，班固在《汉书》中，将文翁排在循吏第一。文翁少年时好学，通晓《春秋》。汉景帝末年他被派往蜀郡做太守，他兴教育、举贤能、修水利，为官一任，造福一方。

文翁刚主政四川时，当地已经有了都江堰，成都平原的农业也开始有所发展，而且同时代也出现了像司马相如这样的大文学家。但总体来说，不能不承认四川仍属边陲，文化很不发达，不仅与京师、中原、齐鲁没法比，而且还有不少偏僻落后的风气。

所以文翁执政的第一件大事就是抓教育，他实行了两个措施，第一是选贤访学，类似今天我们说的走出去。他选拔了张叔等十多个聪敏有才华的郡县小官吏，一番告诫勉励之后，把他们送到京城到太学去留学取经，他们有的选择学习法规法令。这属于"公派留学"。为了减少郡守府中的开支，文翁购买蜀刀、蜀布等蜀地特产，委托考使送给太学博士，当作学费。几年后，这些蜀地青年学成归来，文翁让他们担任要职，按顺序考察提拔，后来他们中有的成为了郡守刺史。第二是在成都建学校，当时称作"学宫"，招选所属各县弟子来读书。一开始来学习的人并不多，文翁又采取了许多奖励政策，在物质上优待，如免除劳役；从实践上加以培养锻炼，并提高他们的社会地位。文翁到各县去出巡，常把一些学得好的学生带在身边，谙习政事，上传下达，出入官府也非常随便，这样就扩大了影响，"县邑吏民见而荣之，数年，争欲为学官弟子，富人至出钱以求之，由是大化。"蜀中尚学之风大兴，人们争相往成都的学宫送学生，这种爱好文雅的风气甚至可以和京师等地相媲美了。文翁是我国第一个地方兴学的典范，后来汉武帝时倡导各地兴办学校，也是受了文翁的启发。文翁是蜀地文风大开的第一人，后世蜀中出了不少人才，都离不开文翁的启蒙和对风气的引导 。现在成都市的石室中学就是在文翁办学的旧址上兴办起来的。

　　文翁对于蜀地的第二个贡献就是兴修水利，发展农业。据《都江堰水利述要》记载：文翁任职期间，带领人民"穿湔江，灌溉繁田一千七百顷"，是第一个扩大都江堰灌区的官员。蜀郡从此出现了"世平道治，民物阜康"的局面。文翁虽然不是享誉全国赫赫有名的大官吏，但却是为官一任、造福一方的典范，他的做法影响深远，值得学习。

以身事远，和平天使

　　王昭君，名嫱，字昭君，中国古代四大美女之一，据说有沉鱼落雁之容貌。然而她能够流芳千载，却不仅仅因为容貌的美，更因为他作为"和亲"的执行者，以远离故土为代价，对当时的汉匈和平做出了重要贡献。

　　西汉的和亲政策开始于汉高祖时，那时匈奴强大，汉朝每每要派遣公主等皇亲去执行和亲的任务。经过汉武帝对匈奴的打击，到了宣帝时，汉匈两厢的形势已经发生了根本转变。当时的呼韩邪单于在匈奴的内乱中被打败，走投无路投奔汉朝，汉宣帝给了这个落魄的单于足够的关怀，最后还提供人马粮草将他护送回漠南。公元前33年，呼韩邪单于再次到长安，这次他提出了和亲的要求。这次和亲与以往的被迫性质不同，所以元帝就打算选派宫女嫁给她。王昭君就是在这次和亲中成为了呼韩邪单于的阏氏，叫宁胡阏氏。

　　后世的文学家曾经谈到，汉元帝后宫佳丽三千，无暇问津，只能靠画师画像决定宠幸对象，而王昭君因为自恃貌美，不贿赂当值的画师毛延寿而被画得其丑无比，最后无缘见到元帝，出于愁怨才选择出塞的。这其实只是文学想象的一种魅力，给昭君故事一点传奇的色彩。从史书看，昭君出塞的选择还是比较主动的，这可以判断昭君最起码是一位有胆有识的女子。

　　王昭君先嫁呼韩邪单于，生一子，名伊屠智伢师，后来成了右日逐王。昭君嫁三年，公元前31年，呼韩邪单于去世，依习俗昭君应嫁呼韩邪单于长子复株累单于。王昭君以大局为重，忍受极大委屈，嫁给了呼韩邪单于的长子复株累单于雕陶莫皋，又生二女。雕陶莫皋倾爱昭君，对她言听话从。王昭君为维护胡汉两国关系，以及发展农牧业生产做出了很大贡献。

　　昭君在塞外很思念故土，虽然他的兄弟曾经作为汉朝使者来匈奴和她相见，但无法平息心头的故土之思。昭君也曾把女儿送回汉宫，都是因为对中原故土的牵系。后来她死在了匈奴，葬于今呼和浩特市南郊。墓依大青山，傍黄河水，因为墓上的草儿青青，与胡地白草不同，被称为"青冢"。王昭君身死异乡，但她执行和亲的历史作用还是重大的，昭君出塞，换来了汉匈五十年的和平，她以一己之身为国家利益、民族利益做出了应有的贡献。

文武兼济，恢复西域

班超，字仲升，汉扶风平陵（今陕西咸阳东北）人。他是东汉著名的军事家和外交家。他的父亲班彪、长兄班固、妹妹班昭都是著名的史学家。但班超少有大志，博览群书，口才好，办事能力强，所以从小就不愿做个刀笔吏。在他当兰台令史时，常辍业投笔而叹息说："大丈夫无他志略，犹当效傅介子、张骞立功异域，以取封侯，安能久事笔砚间乎？"中年班超投笔从戎，直到后来平定西域，成就功业，促进民族融合，为东汉初年的政治、军事和社会安定做出了巨大贡献。

汉匈的关系时好时坏，汉武帝武力打击之后，匈奴不得不把经营的重心放在西域一带。汉宣帝时即在西域设立了西域都护，但王莽时，西域诸国以其改制为由杀了西域都护将军李崇。这时匈奴觉得时机已到，准备重新征服西域。到东汉初年，因为没有汉朝的都护，西域诸国相继落入匈奴手中。重整西域成了此时首要的政治和军事任务。

永平十六年（73），42 岁的班固跟随奉车都尉窦固出兵攻打匈奴，展示出了与众不同的军事才干。后来窦固就派他与从事郭恂一起出使西域。

班固果决有胆识。根据窦固安排，班超随郭恂率领三十六名部下向西域进发。班超先到鄯善（今新疆罗布泊西南）。鄯善王对班超等人先是嘘寒问暖，礼敬备至，后突然改变态度，变得疏懈冷淡。班超凭着自己的敏感，估计一定是匈奴也有使者来，鄯善王首施两端，所以心神不定。后经验证果真如此。这样一来班超等汉使很可能有性命之忧。班固召集部下说，"不入虎穴，焉得虎子。如今安危系于一线之间，只有一个非常之策可以选择。

在班超的鼓舞和带领下，匈奴的使者都被杀掉。此举恩威并施，很好地教育和震慑了鄯善王，最终鄯善王表示愿意归附汉朝。

班超第一次出使西域，旗开得胜。第二次，汉明帝给他加官军司马。有了第一次的成功，智勇双全的班超更有信心，他仍带着三十余人出发了。这次班超恩威并施，刚柔相济，采取突然手段，首先降服了被匈奴控制的于阗，并将龟兹人霸占的疏勒还政给疏勒人，建立了汉朝的威信。

公元75年汉明帝去世，翌年汉章帝继位，期间西域大乱，班超勉强维持了一年多。汉庭考虑到西域都护陈睦被杀，班超独处边陲，境况危险，不如回国。当时疏勒、于阗的军民已经与班超结下了战斗的友谊，班超也有安定西域的宏愿，在众人的挽留下，班超回守西域。

班超采取了以外交为主，以武力为辅，依靠当地力量，逐个击破的战略，先后使拘弥、莎车、疏勒、月氏、乌孙、康居等国归服了汉，汉庭在西域的主要对手主要剩下龟兹。班超上书汉章帝，陈述了将西域诸国联合起来抗敌的主张，而且班超还认识到"莎车、疏勒田地肥广，草牧饶衍，不比敦煌、鄯善闲也，兵可不费中国而彻食自足。"更使汉庭认识到西域的重要。后来章帝派了徐干带领一千人马增援班超。

西域问题有很强的复杂性和反复性。疏勒王忠本是班超所立，但因为莎车的贿赂，忠背叛了班超，班超只能先解决了忠，才能再解决莎车。康居国派精兵帮助忠，班昭一时拿不下忠占据的乌即城。想到月氏刚和康居通婚，班超派人给月氏王送了厚礼，让他对康居王晓以利害，于是康居罢兵，把忠也带了回去，乌即城复归。后来，忠与龟兹勾结，来班超处诈降，班超洞见其奸，将

计就计，斩杀忠。

4年过去，到了公元89年，班超才调发于阗等国士兵两万多人，再攻莎车。龟兹等国合兵五万救援莎车。敌强我弱，班超利用调虎离山之计，避开援军锋芒，一举攻下莎车大营。龟兹回援不及，只好散去。班超由此威震西域。

当初，大月氏（今阿富汗境内）国曾经帮助汉朝进攻车师有功。公元87年，大月氏国王派遣使者，来到班超驻地，向汉朝进贡珍宝、狮子等物，提出要娶汉朝公主为妻。班超拒绝了这个要求，大月氏王由是怨恨。公元90年夏，大月氏副王谢率兵七万，东越葱岭（今帕米尔高原和昆仑山脉西段、喀剌昆仑山脉东南段）攻打班超。班超兵少，大家都很恐慌。班超说大月氏劳师袭远，粮草不济，不耐久战。后来班超杀了大月氏派往龟兹求援的使者，吓得谢连忙向班超请罪，从此与汉朝和好如初。

公元91年，龟兹、姑墨、温宿等国皆降。朝廷任命班超为都护，徐干为长史，拜白霸为龟兹王，派司马姚光来送他。班超和姚光命龟兹废掉原来的国王尤里多，扶立白霸。班超驻扎在龟兹它乾城。此时，西域诸国只剩焉耆、危须（今新疆焉耆东北）、尉犁（今新疆库尔勒东北）三国，因为曾杀害西域都护陈睦，心怀恐惧，尚未归汉。

汉和帝永元六年（94）秋，班超调发龟兹、鄯善等八国的部队七万人，进攻焉耆、危须、尉犁。后来班超设下鸿门宴，计斩焉耆王广、尉犁王泛及匈奴侍子北鞬支等三十多人，为当年的都护陈睦报了仇。至此，西域五十多个国家都归附了汉王朝，班超终于实现了立功异域的理想。班超被封为"定远侯"，邑千户。

冒犯天威，不可故为

陈蕃，字仲举，汝南平舆（今河南平舆北）人。东汉时期名臣。

陈蕃少年便有大志。15岁时，他的居室很脏，父亲的朋友同郡薛勤看到就说他："你为什么不打扫干净迎接客人呢？"陈蕃说："大丈夫在世，应当扫除天下的垃圾，哪能只顾自己的一室呢？"陈蕃的志向可见一斑。

当时陈蕃在青州为官，李膺任刺史，治政严猛，有威名。青州属城官吏听到消息的，都自己要求离去，只有陈蕃因为政绩清廉，独自留下。

陈蕃性情严肃方正，不入俗流，士民都以为清高。据说征召他任尚书令时，送行的人都不敢走出外城门。其实也并非完全如此。陈蕃任豫章太守时，礼请徐稺担任功曹，徐稺不免前往，谒见之后就退出来。陈蕃在郡里从不接待宾客，但是特设一个榻给徐稺，徐稺走了就悬挂起来。这就是王勃《滕王阁序》所写的"徐孺下陈蕃之榻"。可见，陈蕃只是对看不上的人不曲意逢迎而已。

陈蕃是个很正直的人，他讨厌虚伪、沽名钓誉之人。有个叫赵宣的人葬亲却不闭墓道，自己住在里面，服丧二十多年，乡邑都称他的孝行。陈蕃调查之后，发现赵宣的五个子女都是居丧期间生的。陈蕃很生气，这不是装模作样么？你现在睡在墓中，在墓中养儿育女，欺世盗名，迷惑群众，污辱鬼神，岂有此理！于是办了赵宣的罪。

因为刚直不阿，陈蕃的为官历程有个特点，就是屡升屡降，这也反映了封建社会皇帝对他这类臣子的一个态度。大将军梁冀大权在握、威震天下，当时派人送信给陈蕃，请陈蕃办私事。送信的人无法见到陈蕃，于是假托

他事请见陈蕃，陈蕃发怒，将其打死，因而获罪被降为修武县令。

当时零陵、桂阳山贼造反为害，公卿商议要遣军队剿平。陈蕃却上疏说，当地之乱难道不是当地官吏贪污暴虐造成的吗？应该暗暗考核刺史太守县令长，发现违纪违法行为一律治罪，另选清正贤明、廉洁奉公，能够宣扬法令、爱护百姓的人去代替他们，这样何必烦劳大军，盗贼自然会平息啊！这次上疏得罪了桓帝近臣，陈蕃被外放为豫章太守。

后来，陈蕃升任大鸿胪、光禄勋，位列九卿，他更是不畏宠臣外戚的权势，经常上疏直谏。桓帝也采纳了他的一些意见。比如曾放出宫女五百人。陈蕃掌管官吏选举时，不偏袒权贵，因而被豪门子弟诬陷控告，被罢官回家。不久，他又被征召为尚书仆射，转调太中大夫。

当时，中常侍苏康、管霸等人再次被起用时，排挤诬陷忠良大臣，彼此阿谀勾结。大司农刘祐、廷尉冯绲、河南尹李膺，都因违背桓帝意旨而受到惩处。陈蕃坚决为李膺等人申诉，词意恳切。桓帝不听，陈蕃因此流泪而出。

陈蕃一生都在同宦官权臣作斗争。延熹九年（166），李膺等人由于党人事件被关进监狱受审。陈蕃上书极力劝谏。桓帝不但不听，还罢免了他。

第二年桓帝去世，窦皇后执掌朝政。虽然陈蕃和窦太后的父亲大将军窦武，同心尽力，起用名流贤士，希望国家兴盛太平，但还是无法抵挡宦官专权的逆流。在陈蕃与窦武决心消灭宦官时，事情泄露了，宦官曹节等人先下手为强，伪造太后的命令杀了窦武等人。后来 70 多岁的陈蕃率领属官和学生八十余人，到承明门抗议，却反被宦官杀害了。

陈蕃的一生，注定是个悲剧。在东汉末年，有人选择了退隐，有人选择了苟同，而陈蕃却选择了坚持，要么同外戚斗，要么同宦官斗，他的心中只有忠君、报国、辅社稷之危，所以陈蕃能够不避强权，犯颜直谏，不避生死，表现出一种明知不可为而故为的舍生取义的精神。

鞠躬尽瘁，死而后已

　　诸葛亮，字孔明，号卧龙，琅琊阳都（今山东临沂市沂南县）人，三国时蜀汉丞相，杰出的政治家、军事家，一生"鞠躬尽瘁、死而后已"，是中国传统文化中忠臣与智者的代表人物。在世时被封为武乡侯，死后追谥为忠武侯，故后世常以武侯、诸葛武侯尊称诸葛亮。传说曾发明木牛流马、孔明灯等，并改造连弩，叫做诸葛连弩，可一弩十矢俱发。

　　三国是个乱世，少年诸葛亮隐居读书，但显然他是有用世之志的，平日好诵《梁父吟》，又常以管仲、乐毅自比，当时没有几个人能理解他，除了徐庶、崔州平等为数不多的几个好友。襄阳名士司马徽、庞德公、黄承彦都是诸葛亮的忘年交，这些人不仅欣赏诸葛亮的才华，更看重他的品德。据说黄承彦的女儿头发黄、皮肤黑，是著名的丑女，但有才华，诸葛亮依然娶了黄氏。

　　当时，刘备依附于刘表，屯兵于新野，委曲求全，正困顿。后来司马徽给刘备推荐了诸葛亮。刘备三顾茅庐请到诸葛亮，才成全了往古来今最让人感动的一段君臣际会。诸葛亮最惊世骇俗的就是他出山之前向刘备陈述的《隆中对》，占据荆、益二州，三分天下，与曹、孙鼎足而立。这段很超前的谋略成了蜀汉立国的纲领。

　　建安十九年（214），在诸葛亮的辅佐下，一步步，刘备得到益州，蜀汉有了立国基础。汉献帝延康元年（220），曹丕篡汉自立。魏黄初二年（221），汉献帝被害，在诸葛亮等的百般劝说下，刘备登基为帝，诸葛亮为丞相。章武三年（223）二月，被吴国打败的刘备在永安白帝城病重，于是召来诸

葛亮托付后事，刘备诚恳地对诸葛亮说："你的才能是曹丕的十倍，必定能够安顿国家，终可成就大事。如果刘禅可以辅助，便辅助他；如果他没有才干，你可以自行取度。"诸葛亮涕泣地说："臣必定鞠躬尽瘁、死而后已！"

刘禅继位后封诸葛亮为武乡侯，政事上的大小事务，都由诸葛亮决定，除此外，还有军事外交等，也都全靠诸葛亮。

建兴三年（225）春天，诸葛亮写下情真意切的《出师表》，率军南征。后诸葛亮深入不毛之地讨伐雍闿、孟获，先打败雍闿军，再七擒七纵孟获，至秋天平定所有乱事。

蜀汉的立国纲领就是兴复汉室，所以北伐贯穿了诸葛亮的后半生。《三国演义》写诸葛亮六出祁山，确实为了这个蜀国梦，诸葛亮不是量力而行，而是不遗余力，竭尽全力。其中也取得过阶段性、局部性的胜利，但多种原因，终于没有成功，毕竟偏隅的蜀汉实力很有限。

建兴十二年（234）八月，诸葛亮积劳成疾，病故于五丈原（宝鸡境内），享年54岁。诸葛亮遗言命令部下将自己葬在汉中定军山，依山势修建坟墓，墓穴仅能容纳下棺材，穿平时的衣服入殓，不必用其他器物殉葬。诸葛亮遗表指出自己没有多余财产，只有800株桑树和15顷土地，而自己穿的都是朝廷赐封，就算儿子都是自给自足地生活，自己没有一点多余的财产。30年后，诸葛亮的长子诸葛瞻和长孙诸葛尚一起在绵竹之战中战死沙场，一门忠烈。

诸葛亮作为蜀国的丞相，在政治上他安抚百姓、遵守礼制、约束官员、慎用权利，对人开诚布公、胸怀坦诚，堪与管仲、萧何相媲美。在发展经济上，他规劝农时、开拓农田、兴修水利、发展生产，促进蜀国的发展。他临终前留给8岁儿子诸葛瞻的《诫子书》可见诸葛亮的家教和自律原则，感人至深。诸葛亮是个全才式的人才，是道德高标。他文治武功，两朝功臣，不愧是蜀汉砥柱，是让后代仰慕的贤相。

闻鸡起舞，北复神州

祖逖，字士稚，范阳遒县（今河北涞水）人，东晋名将。西晋末年，率亲朋党友避乱于江淮。313 年，他以奋威将军、豫州刺史的身份进行北伐。祖逖所部纪律严明，得到各地人民的响应，数年间收复黄河以南大片土地，使得石勒不敢南侵。后来祖逖进封为镇西将军。

祖逖少年时生性豁荡，仗义疏财，慷慨有志节，在乡里很有声望。后来博览群书，有辅国之才、经世之志。青年时代与好友刘琨志同道合，两人住在一起，很谈得来，看到世道衰退，曾开玩笑说："如果真有一天天下大乱，群雄逐鹿，你我二人可不能相争哟。"一次半夜，祖逖听到鸡叫，叫醒刘琨道："鸡鸣多动听，这是老天催促我们起床了。"于是二人到屋外舞剑练武。西晋被推翻后，南渡的晋室以及多数官军都偏安一隅，乐于自保，根本无心北伐，只有祖逖常怀"恢复之志"。有一次他向身居高位、手握兵权的司马睿献策："中原被异族占领，这是国耻啊，我们跑了，百姓遭殃了。作为活着的人，我们应该组织豪杰志士，着手北伐啊。"司马睿并不积极，后来看着祖逖殷切，就封他为奋威将军、豫州刺史，并象征性地拨调千人粮饷、三千匹布帛以充军费，更由其自募战士，自造兵器，算是在政策上允许北伐了。

祖逖并不计较，他率先前随他南下的宗族部曲百余家，毅然从京口渡江北上。行至中流，祖逖眼望茫茫大江，敲击着船楫立誓："祖逖不能清中原而复济者，有如大江！"这是铮铮的北伐誓言：我祖逖若不能平定中原，收复失地，决不重回江东！

祖逖名为豫州刺史，而中原一带为豪强异族所分割，就是一片战场。

而祖逖的义勇军还很微弱，可想北伐的进程多么艰辛。祖逖步步为营，边收复地盘，边壮大力量。祖逖所面对的敌人是后赵石勒。

太兴二年（319），陈川将开封献给石勒。五月，祖逖进攻蓬关（属于开封），讨伐陈川。石虎领兵五万来援。因为寡不敌众，祖逖大败，退守淮南（今安徽寿县）。石虎在豫州进行了一番洗劫之后，带着陈川回师襄国，只留下将领桃豹戍守蓬陂坞西台。太兴三年（320），祖逖派韩潜镇守蓬陂坞东台。相持四十日后，祖逖派人用布囊盛满砂土，假装是食用的大米，派千余人运至东台；又派人挑着真正的大米，佯作累坏了躺在道旁喘气歇息。赵军派精兵来袭，挑夫弃担而逃。赵军见里面全是大米，以为晋军粮食充足，士气大挫。石勒遣大将以千头壮驴运粮，祖逖在汴水设伏尽得其粮。赵军无粮，退据东燕城。祖逖因而尽得二台，并派韩潜进占封丘压逼桃豹，自己则进屯雍丘（今河南杞县）。

祖逖军纪严明，自奉俭约，不畜资产，劝督农桑，子弟带头发展生产，又收葬枯骨，加以祭奠。一次，祖逖设宴招待当地的父老，一些老人流着眼泪说："吾等老矣！更得父母，死将何恨！"祖逖在座上歌曰："幸哉遗黎免俘虏，三辰既朗遇慈父。玄酒忘劳甘瓠脯，何以咏恩歌且舞。"诸坞堡对祖逖十分感激、爱戴，常向祖逖密报石勒的活动。此后，祖逖多次出兵邀截赵军，逐渐收复黄河以南中原地区的大部分土地，使石勒的力量迅速萎缩。

太兴三年（320），祖逖被加封为镇西将军。石勒见祖逖势力强盛，不敢南侵，命人在成皋县为其母修墓，又遣书请求通商。祖逖虽然没回信，却任凭通商贸易，更收利十倍，兵马日益强壮。石勒又杀叛晋归降的祖逖部将表示友好，祖逖亦与石勒修好，禁止边将进侵后赵，边境暂得和平。

东山高卧，砥柱中流

　　大家都熟悉刘禹锡的《乌衣巷》："旧时王谢堂前燕，飞入寻常百姓家。"太康谢氏作为晋室南渡的大族，整个南朝都人才辈出，尤其有名的是谢安。

　　公元 360 年，谢万兵败，被废为庶人。谢安不得不"东山再起"，入桓温幕府为司马。谢安与桓温虽然政治立场不同，但彼此仍非常相得，因为互相欣赏。而在后来的政治争夺中，谢安也很好地扮演了阻击者的角色，扼杀了桓温灭晋自代的野心。

　　因为丞相司马昱的推荐，谢安做过吴兴太守，任内百姓安居乐业。后来谢安升为侍中。公元 371 年，桓温废司马奕，改立司马昱为帝，族诛陈郡殷氏、颍川庾氏两家三支士族，贬斥武陵王为庶人，整个东晋政权悉在掌握，声势如日中天。此时，谢安与另外两家大士族——太原王氏和琅琊王氏的王坦之、王彪之等人联合，与之周旋。

　　第二年 7 月司马昱病重，司马昱本想将晋的政权拱手让给桓温，但在谢安的力争之下改变了主意。桓温得知后，对王谢恨之入骨，他率军入京，欲"诛王谢，移晋鼎"。太后褚蒜子命谢安与王坦之去新亭迎接，王坦之慌乱不已，以至于在见到桓温以后倒持笏版，汗湿重衣；反观谢安却很镇定，不仅在临行前安慰王坦之说"晋祚存亡，在此一行"，并在见到桓温以后，从容就席，问桓温："安闻诸侯有道，守在四邻，明公何须壁后置人邪？"桓温笑答："正自不能不尔耳。"二人笑着谈了很久，一场大祸化解于无形。桓温后来病重，想让朝廷给他加九锡，让袁宏起草。谢安知道后，总是借故修改，拖延时间，没几天，桓温病故，加九锡的事就不了了之了。

桓温死了以后，谢安为了调和晋室与桓氏的矛盾而颇费苦心。374年，谢安先以王坦之出领徐兖二州刺史而从桓氏手中取回徐州和兖州，然后又迫使桓温之弟桓冲出让扬州，转而任命其领荆州，谢安自领扬州（非今日之扬州市），终于达到"荆扬相衡，则天下平"的目的，并取得了桓氏的谅解与合作，建立起一个相对牢固的防御阵线，共同对付北方的前秦苻坚。

太元元年（376），孝武帝司马曜开始亲政，谢安升中书监、录尚书事，总揽朝政，成为东晋的最后一个"当轴士族"。同年，苻坚统一了中国北方，前秦与东晋的战争已经临近。当时的东晋，长江上游由桓氏掌握，下游则属于谢氏当政，谢安尽力调和桓谢两大家族的关系，以为即将爆发的战争做准备。

377年，广陵缺乏良将防守，谢安不顾他人议论，极力举荐自己的侄子谢玄出任兖州刺史，镇守广陵，负责长江下游江北一线的军事防守。谢安则自己都督扬州、豫州、徐州、兖州、青州五州军事，总管长江下游。谢玄不负叔父重托，在广陵挑选良将，训练精兵，选拔了刘牢之、何谦等人，训练出一支在当时整个中国最有战斗力的精兵——北府兵。

太元八年（383）五月，桓冲倾10万荆州兵伐秦，以牵制秦军，减轻对下游的压力，苻坚派苻睿、慕容垂、姚苌和慕容暐等人迎战，自己亲率步兵60万，骑兵27万，以弟苻融为先锋，于八月大举南侵。谢安临危受命，以谢石为前线大都督，谢玄为先锋，并谢琰、桓伊等人，领8万兵马，分三路迎击秦军。十一月，谢玄遣刘牢之以5千精兵奇袭，取得洛涧大捷，秦军折损10名大将，5万主力。十二月，双方决战淝水，谢玄、谢琰和桓伊率领晋军7万战胜了苻坚和苻融所统率的前秦15万大军，并阵斩苻融。淝水之战以晋军的全面胜利告终。

谢安不仅指挥有度，而且气度从容，千载之下，让人仰慕。据说，捷报传来，谢安正与人下围棋，他看完捷报，不露声色，接着下棋，似乎一切尽在预料之中，意色举止，毫无惊喜，从容自若。

081

巾帼奇迹，忠孝两全

　　北朝有篇传唱至今的民歌《木兰辞》，记录下一位替父从军、忠孝两全的巾帼英雄——木兰。真正的英雄不是靠史书写出来的，而是流传在人民的口碑之中。木兰不是一个文学形象，而是一个实实在在的英雄。在今天河南商丘市虞城县有木兰祠，该祠始建于唐朝，封木兰为"孝烈将军"。后金、元、清三代都有重修，存有元朝《孝烈将军像辨正记》碑和清朝《孝烈将军辨误正名记》碑。

　　木兰就是一段传奇，她是北魏时人，当时北方游牧民族柔然族不断南下骚扰，北魏政权规定每家出一名男子上前线。但是木兰的父亲年事已高又体弱多病，无法上战场，家中弟弟年龄尚幼，所以，木兰决定替父从军。去边关打仗，对于很多男子来说都是艰苦的事情，但木兰很英勇。第一年她就参加了十八场战役，没有人感觉她是女性。就这样木兰在边关从军十二年，最终凯旋。皇帝嘉奖她的功劳，要赠以高官，但心念父母的木兰回乡心切，辞官不受。后来人们知道了原因，木兰是个未出闺阁的女孩，皇帝得到奏报也很惊讶，因为她的功劳之大，赦免其欺君之罪，还赠给木兰"将军"的称号。木兰的故事成为历代的文人歌赞的对象，现在全国各地流传着多种木兰从军的戏曲。

推行改革，垂范在前

孝文帝拓跋宏，是北魏王朝的第六位皇帝，后改名元宏，是杰出的政治家、改革家。即位时仅 5 岁，24 岁开始亲政。因为即位时年纪太小，在亲政前由冯皇太后执政。冯太后是汉人，主张汉化改革。拓跋宏亲政后，继续推行汉化改革：他先整顿吏治，颁布俸禄制，立三长法，实行均田制；5 年后即太和十九年（495）孝文帝从平城（今山西大同市）迁都洛阳；改鲜卑姓氏为汉姓，藉以改变鲜卑风俗、语言、服饰。鼓励鲜卑与汉族通婚；评定士族门第，加强鲜卑贵族和汉人士族的联合统治；参照南朝典章制度，制定官制朝仪。孝文帝的改革，对各族人民的融合和各族的发展，起了积极作用，史称"孝文帝中兴"。

拓跋部在道武帝拓跋珪建立北魏后，逐步由放牧经济转变为农业经济。北魏统一北方后，广大汉族臣服于北魏，各少数民族与汉族生产方式上的差距日益明显。为了更好的进行统治，向汉人学习，进行汉化改革成为必然选择。自道武帝拓跋珪以来，历代的北魏统治者都非常注重学习汉族文明。特别是孝文帝从小就由冯太后抚养，自幼深受儒家思想的熏陶，更加倾向于汉化改革，这虽然是有利于统治和人民的事儿，但在当时的统治者内部意见却不统一，很需要力排众议。

为了更接近汉族的腹心地区，加强对黄河流域的统治，拓跋宏决心迁都，但这可不是小事。为了这个，拓跋宏先使出一个瞒天过海之计，他不直说要迁都，而是说要御驾亲征，讨伐南齐。这一下朝堂炸开了锅，大臣纷纷反对，最激烈的是任城王拓跋澄。孝文帝大发雷霆："国家是我的国家，你想阻挠我用兵吗？"君臣不欢而散。退朝后，拓跋宏把拓跋澄单独召到宫里，平和地说："实不相瞒，我的本意不是伐齐，而是迁都。刚才我发火，只是为了威慑。我想带领文武官员迁都中原的洛阳，你看怎么样？"拓跋澄恍然大悟，马上同意魏孝文帝的主张。

公元493年，魏孝文帝率领步兵、骑兵三十多万南下，从平城出发，到了洛阳。正好碰到秋雨连绵，足足一个月，到处道路泥泞，行军困难，人们叫苦连天。拓跋宏故作焦急，催令继续进军。大臣们谁都不想出兵伐齐，都想趁着这场大雨，阻拦这件事。孝文帝严肃地说："我们兴师动众，如果半途而废，岂不是给后代人笑话。如果不能南进，就把国都迁到这里。"大家吃了一惊，说不出话。孝文帝是深思熟虑了，他立即说："同意迁都的往左边站，同意继续伐齐的往右边站。"许多官员其实并不赞成迁都，但一想到能停止南伐，就都站在了左边，算是同意迁都了。后来拓跋宏又专程跑回平城，去说服那里的王公贵族，宣传迁都的好处。这件事终于办成了。

可是迁都刚过半年，一场反对改革、反对汉化的武装叛乱便从朝廷内部发生了。太和二十年（496），孝文帝巡幸嵩岳，太子元恂留守金墉城。元恂素不好学，体又肥大，最怕洛阳的天气，每每追乐旧都，常思北归；又不愿说汉语、穿汉服，对所赐汉族衣冠尽皆撕毁，仍旧解发为编发左衽，顽固保持鲜卑旧俗。孝文帝出巡给了他可乘之机，遂与左右合谋，秘密选取宫中御马三千匹，阴谋出奔平城。事发后，领军元俨派兵严密防遏各宫门，阻止了事态的发展。第二天清晨，尚书陆琇驰马奏报，孝文帝闻讯大惊，中途急急折返洛阳，当即引见元恂，怒不可遏，亲加杖责，又令咸阳王禧等人代替自己打了元恂一百多杖，将他囚禁于城西别馆。后来赐死了元恂，大义灭亲。

元恂被废的当月，恒州刺史穆泰、定州刺史陆睿相互合谋，暗中勾结镇北大将军元思誉、安乐侯元隆、抚冥镇将鲁郡侯元业、骁骑将军元超及阳平侯贺头、射声校尉元乐平、前彭城镇将元拔、代郡太守元珍等人，阴谋推举朔州刺史阳平王元颐为首领，起兵叛乱。这些人大都是鲜卑旧贵及其后裔，他们不满意孝文帝亲任中原儒士，对于迁都变俗、改官制服、禁绝旧语都抱着反对的态度。这是守旧派的一次规模更大的反叛活动，几乎

牵扯了留居平城的所有鲜卑旧贵族。情况千钧一发，刻不容缓，孝文帝意识到如果不能妥善控制处理，将会有倾国之灾。他派任城王元澄奔赴平城平叛，终于将一次不可想象的政治动乱遏制在萌芽中。

至此，保守势力消声退隐，汉化改革继续实施。

需要说的是，孝文帝的汉化改革之所以能取得成效，跟他自己的率先垂范也密不可分，他发自内心地热爱汉文化。据说，孝文帝一生勤学，喜好读书，手不释卷。性又聪慧，精通五经，博涉史传。善谈《庄子》《老子》，尤其通晓佛教义理。舆车之中，戎马之上，都不忘讲经论道。博学多才，擅长文章、诗赋铭颂，任兴而作；有大文笔，马上口授，侍臣笔录，不改一字，辞旨可观。这些跟南朝的那些文人皇帝比起来，似乎并无差别。看来中国的文化自古就没有南北之分。只可惜天不假年，如果不是只活了 33 岁，志在统一中华的拓跋宏或许还能做出更大的成绩。

大唐盛世，文治武功

　　唐太宗李世民，是唐高祖李渊和窦皇后的次子，唐朝第二位皇帝。

　　李世民少年从军，在唐朝的建立与统一过程中立下赫赫战功，先后被封为秦国公、秦王。自武德元年（618）起，李世民经常出征，逐步消灭了各地割据势力。他先破薛举，在泾水原之战平定了陇西薛举之子薛仁杲，铲除了唐朝来自西方的威胁，他写下"心随朗日高，志与秋霜洁"的诗，可见大战胜利的痛快心情。后来击败了宋金刚、刘武周，收复并、汾失地，巩固唐朝的北方。接着在虎牢之战中，一举歼灭了中原两大割据势力：河南王世充和河北窦建德集团，使唐朝取得了华北的统治权。最后又重创了窦建德余部刘黑闼和山东的徐圆朗，奠定了唐朝的疆域版图。

　　随着战功卓著，李世民威望日隆，尤其是在虎牢之战后班师返京时，受到长安军民的隆重欢迎。武德四年（621）农历十月，被封为天策上将，领司徒、陕东道大行台尚书令，位在王公上，食邑增至三万户。李渊又下诏特许天策府自置官属，李世民因此开设文学馆，收揽四方彦士入馆备询顾问。文学馆与秦王府相结合，俨然形成了一个小政府机构。后来，李世民发动玄武门政变，取代李建成成为皇太子，开始亲政。武德九年（626），李渊退位称太上皇，禅位于李世民，后世称唐太宗。唐太宗次年改元贞观。

　　此后，李世民积极听取群臣的意见，以文治天下，并开疆拓土，虚心纳谏，在国内厉行节约，并使百姓能够休养生息，终于使得社会出现了国泰民安的局面，开创了中国历史上著名的贞观之治。

　　因隋末战争而人口锐减，贞观二年（628），唐朝只有二百九十万户人口，

经李世民君臣二十三年的努力，社会安定，经济恢复并稳定发展，至唐高宗永徽三年（652），人口达到三百八十万户，人民得到了休养生息。在经济上实行均田制和租庸调制，使农民有可能安定生产，耕作有时，促进了经济的发展。重视农业，减轻农民赋税劳役。"戒奢从简"，节制自己的享受欲望；革除"民少吏多"的弊政，利于减轻人民的负担。

贞观时期在李世民的治理下，社会夜不闭户，道不拾遗。那时的中国政治修明，官吏各司其职，人民安居乐业，不公平的现象较少，中国人心中没有多少怨气。丰衣足食的人不会为生存铤而走险；心气平和的人也不易走极端，因此犯罪的概率也就少之又少。

贞观时期政治开明，历史名纳谏如流。比如魏徵廷谏了 200 多次，在朝堂上直陈皇帝的过失，在早朝时多次发生了使李世民尴尬、下不了台的状况，但是李世民并不为怪，使得言路大开。

唐朝初年，周边并不安定。贞观二年（628），朔方人梁洛仁杀夏州割据势力首领梁师都，归降唐朝。贞观四年（630），李世民令李靖出师塞北，灭亡东突厥。平定突厥之后，太宗继续经营西域，先后征服了吐谷浑、高昌等国。在高昌首府交河城置安西都护府。后来李世民被回纥等西域诸国尊为"天可汗"，成为各族的共主和最高首领。各族在回纥以南、突厥以北建立了一条"参天可汗道"，形成了少数民族政权首领例由唐廷册封的制度。唐太宗早年曾说："王者视四海如一家，封域之内，皆朕赤子。"后来又说："夷狄亦人耳，其情与中夏不殊。""自古皆贵中华，贱夷狄，朕独爱之如一。"唐太宗还实行了与吐蕃等少数民族政权和亲的政策，以婚姻亲情的方式协调强化与周边各民族的关系。开明友善的民族关系政策和制度在唐代的长期实施，增强了各民族间的广泛互补和血肉融合，实现了多民族共同发展进步的宏大局面。正是在唐代，中华民族新的代称——"唐人"形成，奠定了现代中华民族的基础。

李世民即帝位不久，按秦王府文学馆的模式，新设弘文馆，进一步储备天下文才。贞观初年，李世民诏令在全国范围内收集图籍，在弘文殿聚四部群书 20 余万卷。并任命虞世南、褚无量、姚思廉、欧阳询等充任学士，以魏徵、虞世南、颜师古等著名学者、硕学之士相继为秘书监，主管国家的图书馆和藏书事业；选五品以上工书者为书手，在弘文馆设立检校馆藏的官员，缮写、整理、校勘图书，藏于内库，以宫人掌管。官府藏书机构除"弘文馆"外，另有"史馆"、"司经局"、"秘书省"和"崇文馆"等，其藏书质量和数量远远超过前代，史称"群书大备"。

贞观时期是中国历史上少有的鼓励商业的时代。在李世民政府的倡导下，贞观王朝的商业经济有了迅速和长足的进展，新兴的商业城市像雨后春笋般地兴起。当时世界出名的商业城市，有一半以上集中在中国，除了沿海的交州、广州、明州、福州外，还有内陆的洪州（江西南昌）、扬州、益州（成都）和西北的沙州、凉州。首都长安和陪都洛阳则是世界性的大都会。

唐朝贸易发达，国际交往频繁。贞观后期，"四夷大小君长，争遣使入献见，道路不绝，每元正朝贺，常数百千人"。在长安、洛阳是一副万国图景的国际都市，东西南北各国来的人们在这里贸易、学习，甚至做官。比如大家熟知的日本、朝鲜派"遣唐使"来中国学习文化、技艺，维持了很多年。向西则是自汉开辟的"丝绸之路"。唐朝疆域辽阔，在西域设有安西四镇，西部边界直达中亚的石国（今属哈萨克斯坦），为东西方来往的商旅提供了安定的社会秩序和有效的安全保障。沙漠驼铃，丝绸之路上的商旅不绝，品种繁多的大宗货物在东西方世界往来传递，使丝绸之路成了整个世界的黄金走廊。

白袍战神，威震四方

　　薛礼，字仁贵，山西绛州龙门修村人（今山西河津市修村人），唐朝名将，著名军事家，政治家。创造了"良策息干戈"、"三箭定天山"、"神勇收辽东"、"仁政高丽国"、"爱民象州城"、"脱帽退万敌"等诸方面在军事、政治上的赫赫功勋。

　　薛仁贵早年丧父，自幼家贫。他天生臂力过人，习文练武，很刻苦努力。长大在故乡务农，如果如此下去，一位千古传说的骁将、战神就可能只是一介小百姓，老死田园。唐太宗亲征辽东的告令改变了薛礼的生活，成就了他的传奇一生。薛仁贵在新绛州城张士贵将军处参军入伍，开始了他驰骋沙场 40 年的传奇经历。

　　贞观十九年（645），唐太宗从洛阳出发出征高句丽。当年三月，薛礼一战成名。在辽东战场上，唐将刘君邛被敌军围困，危难时刻，作为小兵的薛仁贵单枪匹马，挺身而出，直取一名敌将的人头，悬于马上。敌人看得无不胆寒，刘君邛得救，薛礼名扬军中。唐军打得敌军节节败退。六月的安市之战，唐军与高句丽 25 万军队遭遇。战斗中，薛仁贵身着白衣，手持方天画戟，腰挎双弓，单骑冲阵，唐军大举跟进，高句丽军大败。战后，皇帝李世民召见小兵薛仁贵，大加赐赏，提拔薛礼为游击将军。后来因为天气，唐军提前班师，途中李世民情不自禁地对薛仁贵说："朕不喜得辽东，喜得卿也。"

　　高宗显庆三年（658），程名振、薛仁贵再征高句丽。薛仁贵于贵端城（位于今辽宁浑河一带）击败高句丽军。第二年，薛仁贵又与唐将梁建方、契必何力等，与高句丽大将温沙门战于横山。当时，薛仁贵手持弓箭，一马当先，冲入敌阵，所射者无不应弦倒地。后来与高丽军战于石城，遇善射敌将，杀唐军十余人，无人敢当。薛仁贵见状大怒，单骑突入，生擒此将。后来，薛仁贵在黑山击败契丹，擒契丹王阿卜固及诸首领，押送东都洛阳。

高宗龙朔元年（661），一向与唐友好的回纥叛唐。唐高宗以郑仁泰、薛仁贵领兵赴天山击九姓回纥。在天山，九姓回纥拥众十余万相拒，并令骁勇骑士数十人前来挑战。薛仁贵临阵发三箭射死三人，其余骑士慑于薛仁贵神威都下马请降。薛仁贵乘势挥军掩杀，九姓回纥大败。接着，薛仁贵擒其首领兄弟三人。后来军中传唱说："将军三箭定天山，壮士长歌入汉关。"

高宗乾封元年（666），高句丽莫离支泉盖苏文死，其子泉男生继位，但为其弟泉男健驱逐，特遣使者向唐求救。唐高宗派庞同善、高品前去慰纳，为泉男健所拒。于是，唐高宗命薛仁贵率军援送庞同善、高品。此行经过了金山遭遇战，薛仁贵英勇杀敌，取得胜利并乘势得到南苏（今辽宁抚顺东苏子河与浑河交流处）、木底（今辽宁新宾西木奇镇）、苍岩（今吉林集安西境）三城。薛仁贵准备进攻高句丽重镇扶余城，只率两千人。众部将都觉得兵少。薛仁贵说：打仗不在兵多，关键在于调度智慧。这场战役，他身先士卒，杀敌万余，攻拔扶余城（今吉林四平），声威大震，扶余川40余城，望风降服，薛仁贵创造了战争奇迹。同时，唐又派李绩为大总管由另一条路乘机进攻高句丽。薛仁贵与李绩会师平壤城，高句丽降伏。唐高宗授薛仁贵为右威卫大将军，封平阳郡公，兼安东都护。

薛仁贵一生征战，有勇有谋，指挥得当，鲜有败绩。高宗开耀元年（681），68岁的老将薛仁贵指挥了人生最后的一场战争，平定突厥。这年冬天，薛仁贵带病冒雪率军进击，在云州（今大同一带）与突厥的阿史德元珍（唐朝叛将）作战。突厥人问道："唐朝的将军是谁？"唐兵说："薛仁贵。"突厥人不信，说："我们听说薛仁贵将军发配到象州，已经死了，骗人！"薛仁贵脱下头盔，让突厥人看。因为薛仁贵威名太大了，以前曾经打败过九姓突厥，北方部落都闻风丧胆，突厥人提起他都怕，这时眼见活的薛仁贵，立即下马跪拜，把部队撤了回去。

唐高宗曾对薛仁贵说："汉北辽东咸遵声教者，并卿之力也。"中国北方和东北的少数民族可以听从朝廷的指挥这都是你的努力啊，多么伟大的贡献。其实薛仁贵文武双全，武能定国，文也能安邦。薛仁贵被贬象州期间，协助州官，治政安民，平息了匪患，又动员富户救济灾民，当久旱逢雨之时，又率领农民拦水浇田，其他打抱不平、调解纠纷、敬老爱幼等仁风义不胜枚举，州民感之不尽。薛仁贵做安东都护时，抚爱孤幼，存养老人，惩治盗贼，擢拔贤良，褒扬节义之士，使当地士民安居乐业。

直谏能谏，第一诤臣

　　魏徵，字玄成。祖籍巨鹿，后移居内黄（今河南省安阳市内黄县）。唐朝政治家。曾任谏议大夫、左光禄大夫，封郑国公，谥文贞，为凌烟阁二十四功臣之一。以直谏敢言著称，是中国史上最负盛名的谏臣。

　　魏徵性格刚直、才识超卓，敢于犯颜直谏。作为太宗的重要辅佐，他曾恳切要求太宗使他充当对治理国家有用的"良臣"，而不要使他成为对皇帝一人尽职的"忠臣"。每进切谏，虽几次极端激怒太宗，而他神色自若，不稍动摇，使太宗也为之折服。据《贞观政要》记载统计，魏徵向太宗面陈谏议有五十次，呈送太宗的奏疏十一件，一生的谏诤多达"数十余万言"。其次数之多，言辞之激切，态度之坚定，都是其他大臣所难以伦比的。

　　魏徵备经丧乱，仕途坎坷，阅历丰富，因而对社会问题有着敏锐的洞察力。魏徵的谏诤涉及面很广，朝廷军国大事的失误是主要内容。为了医治隋末战乱的创伤，他规谏太宗要与民休养生息，一改隋炀帝奢靡之风，反对营造宫室台榭和对外穷兵黩武；为了社会的安定，他规谏太宗要废除隋的严刑峻法，代之以宽平的刑律；为了政治清明，他规谏太宗用人要"才行俱兼"，对官吏中的贪赃枉法之徒要严惩不贷。在刑赏问题上，他认为刑赏之本在于劝善惩恶，在王法面前，"贵贱亲疏"一律对待；在君主的思想作风上，他规谏太宗要兼听广纳，认为"兼听则明，偏信则暗"，以防止贵臣壅蔽，下情不得上达。他规谏太宗要以"亡隋为戒"，接受历史教训，居安思危，力戒骄奢淫逸。对这些有关国家治乱、社稷存亡的大问题，魏徵在

上谏时一向是坚持原则，据理力争，对唐太宗的失误批评也是尖锐的。

魏徵提倡上书言辞激切，无所顾忌，这使励精图治、纳谏如流的唐太宗有时也很难为情。一次罢朝后，太宗曾余怒未息地说："会须杀此田舍翁。"说魏徵又一次在朝堂让我下不来台。尽管太宗对魏徵的尖锐批评一时难以接受，但他毕竟认识到魏徵是忠心奉国，有利于国家长治久安，所以君臣一直很相得。而贞观年间的开明政治与魏徵屡次极言直谏也分不开。

魏徵劝谏太宗不能崇饰宫宇，奢侈无度，这样会劳民伤财。他曾以"亡隋为鉴"，提醒太宗慎自惕勉，以防重蹈覆辙。同时，他也不赞同太宗举行大规模的祭祀活动，比如贞观六年东封泰山，免得兴师动众。

贞观二年，太宗问魏徵说："何谓为明君暗君？"魏徵率直地回答说："君之所以明者，兼听也；其所以暗者，偏信也。"他还列举了唐、虞、秦二世、梁武帝、隋炀帝等作为例子。魏徵认为君主应该兼听纳下，有利于君主听取臣下的正确意见，以克服君主的主观片面性。帝王久居深宫，视听不能及远，再加上自己的特殊身份，很难了解社会实际。因此，魏徵奏言太宗："陛下身居九重，细事不可亲见，臣作股肱耳，非问无由得知。"

扬长避短是魏徵用人的一个卓越思想。他在奏疏中比较明确地表达了这一思想。"因其材以取之，审其能以任之，用其所长，舍其所短。"金无足赤，人无完人。魏徵主张"因其才以取之"，祛除了求全责备的弊病，拓宽了用人之路。魏徵主张要赏罚分明，不徇私情。贞观三年，濮州刺史庞相寿因贪污罪被罢免官职。相寿曾是秦王府幕僚，凭借这一关系，他请求太宗宥免。太宗赐绢一百匹，还命他仍任旧职。魏徵知道后，立即进谏说："今以故旧私情，赦其贪浊，更加以恶赏，还令复任，然相寿性识未知愧耻。幕府左右，其数众多，人皆恃恩私足，使为善者惧。"

魏徵能谏跟他的学识分不开，因此他在文化上的贡献也很大。贞观二年（628），魏徵出任秘书监之职，主管国家藏书之事。数年之间，秘府图籍，灿然具备。魏徵主撰《隋书》，编有《群书治要》。

魏徵去世后，唐太宗很怀念，曾对侍臣说："人以铜为镜，可以正衣冠，以古为镜，可以见兴替，以人为镜，可以知得失。魏徵没，朕亡一镜矣！"

太宗论定功臣，魏徵得以图像于凌烟阁。太宗望着魏徵画像思绪万千，遂吟诗曰："劲条逢霜摧美质，台星失位夭良臣。唯当掩泣云台上，空对余形无复人。"

西行取经，佛学大师

玄奘，原名陈祎，洛阳（今河南偃师）人，唐代高僧，法相宗创始人，通称三藏法师，佛经翻译家、旅行家、中外文化交流的使者。玄奘出身于儒学世家，幼年跟父亲学《孝经》等儒家典籍，"备通经典"，"爱古尚贤"，养成了良好的品德。629 年从长安西游，西行 5 万里，历时 17 年，历尽千辛万苦到达印度。645 年回到长安，带回经书 657 部。10 年间与弟子共译出 75 部 1335 卷；著有《大唐西域记》12 卷，为中国古代的文化交流和佛教文化做出了卓越贡献。

隋大业八年（612），13 岁的玄奘在东都洛阳净土寺出家，在洛阳净土寺学《涅槃经》、《摄大乘论》等。隋大业十二年（616），玄奘随其兄长赴长安居留，后去汉川、益州，求师问学。唐武德五年（622），玄奘于成都受具足戒。后来玄奘游历各地，参访名师，讲经说法。武德九年（626），由中印度那烂陀寺来我国传授那寺学说的高僧波颇到达长安，在善兴寺译《大庄严经论》，传播戒贤的学说。这年玄奘正在长安大觉寺，得知印度有佛教最高学府那烂陀寺和佛学大师戒贤在那里讲授《瑜伽师地论》的信息，玄奘很向往。加之逐渐感到中土佛经众说纷纭，于是玄奘萌生一个愿望：西行取经——去印度求弥勒论师之要典《瑜伽师地论》，借以发扬法相唯识宗之根本理论。

贞观元年（627）玄奘结侣陈表，请允西行求法，但未获唐太宗批准。此时玄奘决心已定，乃"冒越宪章，私往天竺"，开始了这一段五万余里的艰苦而漫长的跋涉。贞观二年（628），29 岁的玄奘从长安出发西行，在途中经兰州到凉州，昼伏夜行，到瓜州，经玉门关，越过五烽，渡流沙，备尝艰苦，抵达伊吾（今哈密），至高昌国王城（今新疆吐鲁番县境），受到高昌王麹文泰的礼遇。后经屈支（今新疆库车）、凌山（耶木素尔岭）、素叶城、迦毕试国、赤建国（今苏联塔什干）、飒秣建国（今撒马尔罕城之东）、葱岭、铁门，然后经过今天的阿富汗、巴基斯坦地区到达当时印度的迦湿弥罗国，从此开始了十余年在印度的访学生涯。玄奘在抵摩揭陀国的那烂陀寺呆得最久。贞观五年，他第一次来到那烂陀寺。后来他被选为通晓三藏的十德之一。他以那烂陀寺为中心，又去其他地方访学、说法。玄奘在那烂陀寺著有《会宗论》三千颂（已佚）、《制恶见论》一千六百颂（已佚），在当时影响很大。他还应东印迦摩缕波国（今印度阿萨姆地区）国王鸠摩罗的邀请讲经说法，并著《三身论》（已佚）。接着与戒日王会晤，并得到优渥礼遇。戒日王决定以玄奘为论主，在曲女城召开佛学辩论大会，在五印有 18 个国王、3000 个大小乘佛教学者和外道 2000 人参加。当时玄奘讲论，任人问难，但无一人能予诘难。一时名震五印，并被大乘尊为"大乘天"，被小乘尊为"解脱天"。戒日王又坚请玄奘参加 5 年一度、历时 75 天的无遮大会。会后归国。贞观十九年，玄奘返抵长安，时年 46 岁。出游外达 17 年，历 56 国。史载当时"道俗奔迎，倾都罢市"。玄奘从印度及中亚地区带回国的梵筴佛典非常丰富，共 526 筴、657 部，对佛教原典文献的研究有很大的帮助。

玄奘法师回国后翌年，即贞观二十年（646）即开始组织翻经译场，首先在弘福寺翻经院进行，其后在大慈恩寺、北阙弘法院、玉华宫等处举行，直至麟德元年（664）圆寂前为止，共 19 年，先后译出佛典 75 部，1335 卷。其数量之巨、译文之精美、内容之完备信达，实超前代译师，后更无与伦比。

公元 648 年夏，玄奘将译好的《瑜伽师地论》呈给太宗，并请太宗作序。太宗花一个多月时间通览这部长达百卷的佛教经典后，亲自撰写了 700 多字的《大唐三藏圣教序》。唐高宗李治对玄奘也十分敬重，曾撰《大唐皇帝述三藏圣教记》。这一序一记均由唐初大书法家褚遂良所书，公元 653 年刻石立于长安慈恩寺大雁塔下，又称《雁塔圣教序》。它与后来偃师招提寺王行满书《大唐二帝圣教序》、陕西大荔褚遂良书《同州圣教序》及怀仁集王羲之行书而成的《集王圣教序》一起，并称四大《圣教序》。

玄奘白昼译经，晚上继续，三更暂眠，五更复起。除译经外，每天晚饭后还要抽出时间，为弟子讲演新译经论，解答提出的种种问题，并与寺中大德研讨各种理论，评述诸家异同，融会贯通。其译业彪炳、不辞劳瘁，讲学

论道、诲人不倦的精神，也是空前卓绝的。

玄奘还口述、由辩机笔受完成《大唐西域记》。全书记述高昌以西玄奘所经历的城邦、地区、国家的情况，内容包括这些地方的幅员大小、地理形势、农业、商业、风俗、文艺、语言、文字、货币、国王、宗教等，是研究中亚、南亚地区古代史、宗教史、中外关系史的重要文献。

六渡扶桑，大雄无畏

　　鉴真，俗姓淳于，扬州人。唐朝律宗南山宗传人，日本佛教律宗开山祖师，著名医学家。晚年受日僧礼请，东渡传律。在传播佛教与盛唐文化上，有很大的历史功绩。日本人民称鉴真为"天平之甍"，意为他的成就足以代表天平时代文化的高峰。

　　唐武后垂拱四年（688），鉴真出生于扬州。702年，14岁的鉴真入扬州大云寺为沙弥，神龙元年（706），受菩萨戒，709年，随道岸禅师入长安，在实际寺受具足戒。在长安期间，鉴真勤学好问，不拘泥于门派之见，广览群书，遍访高僧，对于律藏造诣尤深。他的律学，师承南山宗，但并不持一家之见。除佛经之外，在建筑、绘画，尤其是医学方面，都具有了一定的造诣。后来鉴真回到扬州大明寺修行，开元二十一年（733）成为当地佛教领袖、大明寺方丈，受其传戒者前后有四万余人。他不仅讲佛写经、剃度僧尼、修寺造佛，而且还从事救济贫病、教养三宝等活动。时人誉其"独秀无伦，道俗归心""江淮之间，独为化主"。

　　天宝元年（742），日本僧人荣睿、普照受日本佛教界和政府的委托，延请他去日传戒，此时鉴真已54岁。日方态度诚恳，鉴真想起关于中国南岳慧思禅师转生为日本王子的传说，以及日本长屋王子崇敬佛法，亲赠袈裟给中国僧人的故事，终于决定东渡传法。

　　从当年开始至天宝七载，12年中，鉴真等先后5次率众东渡，由于海上风浪、触礁、沉船、牺牲以及某些地方官员的阻挠而失败；尤其是第五次遭到恶风怒涛的袭击，在海上漂了14天，最后漂到海南岛的振州（今崖县）。

返途经过端州时，日本弟子荣睿病故，鉴真哀恸悲切，加上炎热，突发眼疾，导致双目失明。但他东渡弘法之志弥坚，从未动摇。天宝十二载（753）第六次东渡，终于到达了日本九州，次年二月至平城京（今奈良）。此后在日本，失明的鉴真只能通过耳听的方式校正日本佛经，用舌尝的方式修正日本药典。

鉴真在日本受到朝野盛大的欢迎。他为日本天皇、皇后、太子等人受菩萨戒；为沙弥证修等440余人受戒；为80位僧舍旧戒授新戒。756年孝谦天皇任命他为大僧都，统理日本僧佛事务，在日本建立了正规的戒律制度。759年，鉴真及其弟子们苦心经营，设计修建了唐招提寺，此后即在那里传律受戒。当时鉴真年事已高，健康情况每况愈下，弟子们感到有必要将鉴真奋斗一生的历史记录下来，弟子思托撰成了《鉴真和尚东征传》。鉴真除讲授佛经，还详细介绍中国的医药、建筑、雕塑、文学、书法、绘画等技术知识。

鉴真在营造、塑像、壁画等方面很有造诣。据《唐大和上东征传》记载，鉴真后归淮南，教授戒律，每于"讲授之间，造立寺舍，……造佛菩萨像，其数无量"。在日本他与弟子采用唐代最先进的工艺，建成了唐招提寺建筑群。寺内的大堂建筑，坐北朝南，阔七间，进深四间，三层斗拱式形制，是座单檐歇山顶式的佛堂。日本《特别保护建筑物及国宝帐解说》中评论说："金堂乃为今日遗存天平时代最大最美建筑物。"这座建筑异常精美牢固，经过一千二百余年的风雨，特别是经历了1597年日本地震的考验，在周围其他建筑尽被毁坏的情况下，独金堂完好无损，至今屹立在唐招提寺内。

鉴真随船带有佛像，在日本又用"干漆法"（又称夹纻法）塑造了许多佛像，其中最为著名的是唐招提寺金堂内的卢舍那大佛坐像、药师如来立像、千手观音菩萨像等。

鉴真医道很高，在国内曾主持过大云寺的悲田院，为人治病，亲自为病者煎调药物。在日本，当年光明皇太后病危之时，唯有鉴真所进药方有效验。据日本《本草医谈》记载，鉴真只需用鼻子闻，就可以辨别药草种类和真假。他又大力传播张仲景的《伤寒杂病论》的知识，留有《鉴上人秘方》一卷，因此，被誉为"日本汉方医药之祖"。按照日本汉方野崎药局主席野崎康弘的说法，以下36种药草都是鉴真带往日本推动使用的：麻黄、细辛、芍药、附子、远志、黄芪、甘草、苦参、当归、柴胡、川芎、玄参、地黄、紫苏、丹参、黄芩、桔梗、旋覆花、苍术、知母、半夏、芫花、栀子、五味子、黄柏、杏仁、厚朴、和厚朴、肉桂、杜仲、唐木瓜、大枣、蜀椒、花椒、吴茱萸。十七、十八世纪时，日本药店的药袋上，还印着鉴真的图像，可见影响之深。

鉴真东渡时曾携带了王羲之的行书真迹一幅《丧乱帖》、王献之的行书真迹三幅，以及其他各种书法50卷。鉴真本人也是书法名家，他的《请经书贴》被誉为日本国宝。

鉴真在中、日两国都享有很高的声誉。日本天平宝字七年（763），鉴真在唐招提寺面向西方端坐，安详圆寂。当他圆寂的消息传回扬州的时候，扬州僧众全体服丧三日，并在龙兴寺行大法会，悼念鉴真。在日本，鉴真也享有国宝级人物的待遇。1963年是鉴真去世一千二百年，中国和日本佛教界都举行了大型纪念活动，日本佛教界还将该年定为"鉴真大师显彰年"。佛法云，大雄无畏，勇猛精进。这大约是鉴真大师最好的写照。

铁面无私，刚直青天

　　包拯，字希仁，北宋庐州（今合肥）人，天圣进士。历知端州、江宁、开封府，授龙图阁直学士、御史中丞、三司使、枢密副使等职，多次论劾权幸大臣。嘉祐六年（1061）卒，谥号"孝肃"。他不畏权贵，不徇私情，清正廉洁，其事迹被后人改编为小说、戏剧，如关汉卿的《蝴蝶梦》《鲁斋郎》，石玉昆的《三侠五义》等，清官包公形象及"包青天"的故事家喻户晓，历久不衰。

　　大宋王朝的第 40 个年头，包拯出生在合肥一个富贵之家。包拯自幼接受良好的教育，19 岁他中进士甲科，被任命为大理评事、建昌县知县。古人讲：父母在，不远游。包拯是个孝子，而父母也不忍抛家舍业，包拯最后选择辞官不做，在家守着父母直到他们去世。

　　包拯第一次做官是天长县知县，这一年，包拯 38 岁。任上有一桩"牛舌案"可见包拯的明断智慧，这也是多为后世文学作品渲染的素材。原来有贼把别人牛舌割了，主人告状，包拯叫他回去把牛杀了。不久又有人来告状，说牛主人私杀耕牛，这在宋朝是违法的，包拯断喝道："何为割牛舌而又告之？"此贼被识破，心服口服。

　　包拯廉洁。三年后，42 岁的包拯被提拔为大理寺丞、知端州（今广东肇庆市）。端州特产端砚是宋朝士大夫最珍爱时髦的雅器，当地每年向朝廷进贡。当地官员不惜加重当地百姓的负担，常常加征几十倍的数额以贿赂朝廷权贵，多年以为常事。而包拯到来彻底打破此举，限量生产端砚，不得私自增加，违者重罚。3 年后，包拯升任监察御史，负责监察百官，"大事则奏劾，小事则举正"。这正好发挥了包拯刚直的性格。期间，他弹劾陈州京西路转运司，揭露其歪曲中央政策"折变"盘剥灾民的罪行的事迹，就是《三侠五义》中有名的《陈州放粮》。

包拯进入中央后，正赶上范仲淹的"庆历新政"，守旧派与革新派陷入党争。包拯一直受到守旧派官员的荐举，后来，包拯上了一个抨击范仲淹新政的奏折，质疑监督地方官员的按察使权力过大，这对革新派打击很大，守旧派不免对包拯很有期待。结果出人意料，新派被废后，包拯又上奏建议保留范仲淹考试选拔人才等新政。这就是包拯的特出之处。

包拯为官的特色之一就是弹劾别人，而且是达官显贵。被他弹劾降职、罢官、法办的重要大臣不下30人，多是当朝权贵。他7次弹劾酷吏王逵，顶住各方面的压力，最终把这个宠臣拉下马；他弹劾仁宗最亲信的太监阎士良"监守自盗"；他4次弹劾皇亲郭承佑，让仁宗几乎下不了台。包拯6次弹"国丈"，硬生生把仁宗宠妃的堂伯父张尧佐给弹下马来。这边包拯大呼"国丈"是"盛世垃圾，白昼魔鬼"，最后居然要求与皇帝进行廷辩。包拯一激动，义愤填膺，唾沫四溅。回宫后仁宗余气未消地对张贵妃说："包拯向前说话，直吐我面！"

包拯的牛劲让他得罪了不少人。当时在官场流行一句时髦语"包弹"，为官清廉正派，就叫"没包弹"；贪官污吏就叫"有包弹"。

1056年，58岁的老包终于成为开封府尹，他在这个职位上只坐了一年有余。虽然不长，却大刀阔斧。几个月后，惠民河涨水，淹了南半城。包拯一调查，原来屡疏不通的原因是达官贵人在河两岸占地修豪宅，还堵水筑起了"水上公园"。包拯立即下令将这些花园水榭全部"毁去"以泄水势，"人患"一治，水患自然解除。

包拯是一个实干家。不到两年，61岁的他就被任命为三司使，负责全国经济工作。他展现出了经济改革的天赋，比如改"科率"为"和市"，即朝廷按照公平价格购买农民要缴的上供物资；免除部分地区"折变"，即废除农民将粮食变成现钱纳税的规定等措施，开展经济工作卓有成效。两年后，包拯被提拔为枢密副使，相当于主管军事的副国防部长，至此，包拯才算正式进入了中央执政官的行列，属于最高军事长官之一。

64岁的包拯病逝后，开封的老百姓莫不悲痛，皇帝亲自到包家吊唁，

并宣布停朝一天以示哀悼。当宋仁宗看到包家如此俭朴，又听闻他"居家俭约，衣服器用饮食如初宦时"，不禁感慨！连不怎么赞同他的欧阳修也曾说，包拯一辈子"少有孝行，闻于乡里；晚有直节，著在朝廷"。他纯朴平实、刚直不阿、疾恶如仇、爱民如子，同时他不苟言笑、太过较真、不会处世、人缘不好。包拯是中国历史上无人企及的崇高与正义的化身，一个至忠至正、至刚至纯的清官标志与忠臣样本，是官方需要、百姓呼唤的"包青天"。

造福人民，科技巨匠

　　沈括，字存中，号梦溪丈人，浙江杭州人。北宋科学家、政治家。仁宗嘉佑进士，后任翰林学士。神宗时参与王安石变法运动。熙宁五年（1072）任提举司天监，次年赴两浙考察水利、差役。熙宁八年（1075）出使辽国，驳斥辽的争地要求。次年任翰林学士，权三司使，整顿陕西盐政。后知延州（今陕西延安），加强对西夏的防御。元丰五年（1082）以宋军于永乐城之战中为西夏所败，被贬。晚年在镇江梦溪园撰写了《梦溪笔谈》。

　　沈括自幼勤奋好读，14岁就读完了家中的藏书。24岁时沈括以父荫入仕，任海州沭阳县（今属江苏）主簿，主持了治理沭水的工程，组织几万民工，修筑渠堰，解除水患，开垦良田七千顷。嘉祐六年（1061），任安徽宁国县令，修筑芜湖地区万春圩工程，开辟出能排能灌、旱涝保收的良田一千二百七十顷，同时还写了《圩田五说》、《万春圩图书》等关于圩田方面的著作。

　　嘉祐八年（1063），33岁的沈括考中进士。治平三年（1066），被推荐到京师昭文馆编校书籍。沈括于此时开始研究天文历算。在王安石变法中，沈括属于新派，受到王安石的信任和器重。熙宁五年（1072），兼任提举司天监，职掌观测天象，推算历书。这一年，沈括主持了汴河的水利建设。为了治理汴河，沈括亲自测量了汴河下游从开封到泗州淮河岸共八百四十多里河段的地势。他采用"分层筑堰法"，测得开封和泗州之间地势高度相差十九丈四尺八寸六分。这种地形测量法，是把汴渠分成许多段，分层筑成台阶形的堤堰，引水灌注入内，然后逐级测量各段水面，累计各段方面的差，总和就是开封和泗州间"地势高下之实"。仅仅四五年时间里，就取得引水

淤田一万七千多顷的成绩。在对地势高度计算时，其单位竟细到了寸分。

翌年做集贤院校理。因职务上的便利，沈括有机会读到了更多的皇家藏书，充实了自己的学识。在此期间，撰写了《浑仪议》《浮漏议》《景表议》、《修城法式条约》、《营阵法》。后来他在出使契丹之际，还写成《使虏图抄》，绘记了辽国山川险阻及风俗人情。

熙宁九年（1076）开始到元祐二年（1087），沈括奉旨用了12年的时间编绘了《天下州县图》。他查阅了大量档案文件和图书，经过近二十年坚持不懈的努力，终于完成了中国制图史上的一部巨作——《守令图》。这是一套大型地图集，共计二十幅，其中有大图一幅，高一丈二尺，宽一丈；小图一幅；各路图十八幅（按当时行政区划，全国分做十八路）。图幅之大，内容之详，精确度之高，都是以前少见的。

元祐三年，沈括移居到润州（今江苏镇江市）"梦溪园"，专心著述。他一生著述颇多，传世的有《梦溪笔谈》，综合性文集《长兴集》和医药著作《良方》等少数几部。《梦溪笔谈》是中国科学史上的坐标，是沈括一生社会和科学活动的总结。内容极为丰富，包括天文、历法、数学、物理、化学、生物、地理、地质、医学、文学、史学、考古、音乐、艺术等共600余条。其中200来条属于科学技术方面，记载了他的许多发明、发现。

在天文历法上，沈括改革了浑仪、浮漏和影表等旧式的天文观测仪器。提出了"十二气历"，这是纯粹的阳历，与以往的阴阳合历不同。还改革了记录时间的漏壶和测日影的圭表。

数学方面，沈括从实际计算需要出发，创立了"隙积术"和"会圆术"。沈括通过对酒店里堆起来的酒坛和垒起来的棋子等有空隙的堆体积的研究，提出了求它们的总数的正确方法，这就是"隙积术"，也就是二阶等差级数的求和方法。沈括还从计算田亩出发，考察了圆弓形中弧、弦和矢之间的关系，提出了中国数学史上第一个由弦和矢的长度求弧长的比较简单实用的近似公式，这就是"会圆术"。

物理学方面，沈括通过观察实验，对小孔成像、凹面镜成像、凹凸镜的放大和缩小作用等作了通俗生动的论述。沈括还剪纸人在琴上做过实验，研究声学上的共振现象。沈括还最早发现了地理南北极与地磁场的N、S极并不重合，所以水平放置的小磁针指向跟地理的正南北方向之间有一个很小的偏角，被称为磁偏角。

沈括对医学很有研究。他著有《沈存中良方》，在《梦溪笔谈》及《补笔谈》中还涉猎药学，如提及秋石之制备，论及四十四种药物之形态、配伍、药理、制剂、采集、生长环境等。

《梦溪笔谈》还记述了一些发现发明，如高奴县的石油，泉州人的胆水炼铜等。

沈括很注重实用技术的研究开发。当时辽和西夏贵族统治者经常侵扰中原地区，沈括坚定地站在主战派一边。在熙宁七年（1074）担任河北西路察访使和军器监长官期间，他攻读兵书，精心研究城防、阵法、兵车、兵器、战略战术等军事问题，编成《修城法式条约》和《边州阵法》等军事著作。沈括对弓弩甲胄和刀枪等武器的制造也都作过研究，为提高兵器和装备的质量做出了贡献。

沈括是当时中国历史上的百科全书式的科学家。《宋史》评价他："博学善文，于天文、方志、律历、音乐、医药、卜算无所不通，皆有所论著。"英国科学史家李约瑟评价沈括"中国科学史上的坐标"和"中国科技史上的里程碑"。

精忠报国，还我山河

岳飞,字鹏举,宋相州汤阴县(今河南汤阴县)人,著名的军事家、战略家、民族英雄。岳飞北宋末年投军, 从 1128 年遇宗泽起到 1141 年的十余年间,率领岳家军同金军进行了大小数百次战斗,所向披靡,"位至将相"。1140 年,完颜兀术毁盟攻宋,岳飞挥师北伐,先后收复郑州、洛阳等地,又于郾城、颖昌大败金军,进军朱仙镇。宋高宗、秦桧却一意求和,以十二道金牌下令退兵,岳飞在孤立无援之下被迫班师。在宋金议和过程中,岳飞遭受秦桧、张俊等人的诬陷入狱。1142 年 1 月,岳飞以"莫须有"的"谋反"罪名, 与长子岳云和部将张宪一同被害。

北宋崇宁二年(1103),岳飞诞生于河南汤阴的一个普通农家。少年岳飞, 为人沉厚寡言, 常负气节。喜读《左氏春秋》、孙吴兵法等书。学习骑射,能左右开弓, 不满 20 岁时就能挽弓三百斤, 开腰弩八石, 神力惊人。其刀枪之法也骁勇无敌。

宣和四年(1122),童贯、蔡攸败给契丹,河北宣抚司官员刘韐于真定府(今河北正定县)招募"敢战士"以御辽。不满 20 岁的岳飞应征入伍, 成为一名小队长。后来又到河东路平定军投戎, 被擢为偏校。

宣和七年(1125), 金灭辽之后, 便大举南侵攻宋。宋徽宗禅位于长子赵桓, 即钦宗。东路金军渡过黄河包围开封, 钦宗用李纲守卫京城, 但最终还是答应议和。靖康元年(1126), 钦宗反悔议和, 金军再围开封。钦宗再次求和并命康王赵构为河北兵马大元帅, 征召各路兵马以备勤王。岳飞在家乡看到金人入侵后人民惨遭杀戮、奴役的情形, 心中愤慨, 投身抗金的战斗。岳母深明大义，传曾为岳飞刺"尽忠报国"四字为训。这年冬天，康王赵构到相州，于腊月初一日开河北兵马大元帅府，岳飞随同刘浩所部一起划归大元帅府统辖。后来岳飞又转归宗泽节制。期间与金兵作战，屡战屡胜，以军功迁为修武郎。

靖康二年（1127）四月，金军洗劫汴京城，满载着金帛、珍宝北上，徽宗、钦宗二帝和皇室成员、机要大臣、百工等三千余人都做了俘虏。北宋就此灭亡，史称"靖康之耻"。五月，康王赵构在应天府（今河南商丘）即位，这是南宋高宗。赵构倾向于南迁，对投降派黄潜善、汪伯彦等人颇为器重，但同时也起用了抗战派名臣李纲为左相。时年25岁的岳飞得知这个消息，不顾官卑职低，向赵构"上书数千言"，希望赵构能够振奋精神，恢复中原。可叹的是，此举竟被认为是越俎代庖，岳飞被革除军职、军籍，逐出军营。

岳飞抗金的决心并未因此动摇。南宋建炎元年（1127）八月，岳飞渡河北上，奔赴抗金前线——北京大名府，得见当时"声满河朔"、正多方收揽英才抗金的招抚使张所。张所知悉岳飞才略，留他在"帐前使唤"。然而高宗等对金人主和，李纲、张所均被贬黜。被张所派去收复卫州等地的王彦、岳飞一军，也因河北西路招抚司的撤销而成为孤军。

李纲被罢相后，东京开封府的留守宗泽成为实际上抗金的中心人物。岳飞于是再次投奔宗泽。建炎元年冬到二年 1128 春，金国分兵三路全军出动，在东京开封府附近，宋金两军进行了剧烈的拉锯战。宗泽坐镇东京留守司，

虽境况危险，但还能从容调度。正月里，开封市民一如往时张灯结彩。期间岳飞在滑城、胙城、黑龙潭等战役中，颇有战功。

1129年秋，金军又兵分多路向南进犯。建康失陷，高宗从明州经海上逃往温州。金军南侵后，岳飞军则在其后方，乘机给予痛击，多次大败金军，擒获金将，取得了清水亭、牛头山等战役的胜利。绍兴元年至三年（1131—1133）因战功升任神武后军统制。宋高宗赐御书"精忠岳飞"锦旗，将牛皋、董先、李道等所部拨归岳家军。

绍兴四年（1134）春，岳飞上《乞复襄阳札子》，提出收复陷于伪齐政权的襄阳六郡（襄阳府、郢、随、唐、邓等州，信阳郡）的主张，并说："恢复中原，此为基本。"奏议得到朝廷许可，但高宗又特别规定岳家军不得称"提兵北伐或言收复汴京"，只以收复六郡为限。

岳飞由江州向鄂州挺进。在从武昌渡江北上时，他对幕僚说："飞不擒贼帅，复旧境，不涉此江！"慷慨动人。

后来经过近三个月的苦战，岳飞取得了收复襄阳六郡的胜利。高宗为其军纪严明、有战斗力赞叹不已。于是授岳飞为清远军节度使，湖北路荆、襄、潭州制置使，成为宋代最年轻的建节者。后来，岳飞以平杨么之功加检校少保，进封武昌郡开国公，后又升荆湖北路、襄阳府路招讨使。

绍兴七年（1137），宋金对立形势发生了重大变化。高宗在占优势的情况下，一味与金乞和。主战派受到了不同程度的打击。

绍兴十年（1140），完颜兀术发动政变掌权，随即废除对宋和议。高宗不得已，同意了由岳飞组织抗金。期间取得了郾城、颍昌、朱仙镇等战役的胜利。完颜兀术节节败退，一度准备从开封渡河北遁。

岳飞也很振奋，对部属说："今次杀金人，直到黄龙府（今吉林农安），当与诸君痛饮！"然而"自古未有权臣在内，而大将能立功于外者！"在岳飞在阵前浴血杀敌之时，后方秦桧早在暗中策划岳飞撤军了。他声称岳飞等人兵微将少，民困国乏，应班师回朝。"十年之力，废于一旦！""社稷江山，难以中兴！乾坤世界，无由再复！"宋军千辛万苦收复的河南等地又被金军占领。岳飞被剥夺兵权，悬置为枢密副使，后转为"万寿观使"的闲职。这样投降派更方便处理岳飞了。在秦桧授意下，张俊捏造岳飞谋反。主审官何铸认为岳案证据不足，实为冤案。秦桧却说："此上（高宗）意也！"后来秦桧说："其事体莫须有。"最后岳飞作为宋廷和金军共同的眼中钉、肉中刺被高宗赐死，张宪、岳云被斩首。期间，宋金达成"和议"。

绍兴三十二年（1162）孝宗即位，岳飞被平反。1178 年追谥"武穆"，宁宗时追封为鄂王，理宗时改谥忠武。

岳飞是中国古代少有的几位文武双全的将帅，他也是南宋初唯一组织大规模进攻战役的统帅。岳飞治军，赏罚分明，纪律严整，又能体恤部属，以身作则。岳云本屡立战功，但岳飞却隐瞒不报。张浚说："岳侯避宠荣一至此，廉则廉也，然未得为公也！"岳飞答道："父之教子，怎可责以近功？"可见高风亮节。他率领的"岳家军"号称"冻杀不拆屋，饿杀不打掳"。金人赞岳家军是"撼山易，撼岳家军难"。岳飞坚持的崇高的民族气节、英勇的战斗精神是中华民族的宝贵财富。

仁至义尽，正气长留

文天祥，字履善，又字宋瑞，自号文山，浮休道人。吉州庐陵（今江西吉安市）人，宋末民族英雄。宝祐四年（1256）状元，官到右丞相兼枢密使。被派往元军的军营中谈判，被扣留。后脱险经高邮稽庄到泰县塘湾，由南通南归，坚持抗元。祥兴元年（1278）兵败被张弘范俘虏，在狱中坚持斗争三年多。至元十九年（1282）十二月初九，在柴市从容就义。著有《过零丁洋》、《正气歌》、《指南录》等。

文天祥童年时，就仰慕英雄人物，爱读忠臣传。宋理宗宝祐四年（1256），21 岁的文天祥状元及第。开庆元年（1259），蒙元大规模进攻南宋。九月，忽必烈围鄂州（今湖北武昌）。文天祥建议改革政治、扩充兵力、抗蒙救国。理宗没有采纳他的建议。后来文天祥知端州（今江西高安市），把曾受蒙古侵略、百废待兴的一个地方治理得生机勃勃。

理宗去世后，权臣贾似道当权。1270 年，文天祥出任军器监（掌管武器制造）、崇政殿说书（为皇帝讲解书史、经义）等职。文天祥因为抗直敢言，忤逆了贾似道被免职。其后文天祥隐居故乡三年，后任湖南提刑、赣州知州，颇有政绩。蒙古大举南侵后，文天祥踏上了戎马征途。

德祐元年（1275）正月，文天祥接到朝廷专旨，他疾速起发勤王义士，前赴行在。文天祥奉读诏书，痛哭流涕，立即发布榜文，征募义勇之士，同时筹集粮饷。他捐出全部家财作军费，把母亲和家人送到弟弟处赡养，以示毁家纾难。在文天祥的感召下，一支以农民为主、知识分子为辅的爱国义军在极短时间内组成，总数达三万人以上。起兵勤王在文天祥的生活中揭开了新的一页。

文天祥起兵后，积极要求奔赴前线阻击蒙元，试图扭转战局。在朝廷主和派的反对声中，八月，文天祥率部达临安，一路秋毫无犯，声望大振。

德祐二年1276年1月，蒙古铁骑三路兵马围困临安，宋朝将官降的降、逃的逃，全成汉奸。

江万载父子率义军和殿前禁军保护益、广二王离开危城临安，而文天祥负责与蒙元交涉。文天祥在蒙元大营，气度浩然，却被蒙古统帅伯颜扣留。文天祥虽然被拘禁，但不甘心失败，不肯归顺。伯颜于是决定把他送往元大都。途中文天祥得以逃脱。文天祥找到益王。德祐二年（1276）益王在福州登位，改元景炎，是为端宗。文天祥担任枢密使兼都督诸路军马。七月，他在南剑州（福建南平）开督府，福建、广东、江西的许多文臣武将、地方名士、勤王军旧部纷纷前来投效，很快组成了一支督府军。但是，朝中大臣并不统一。十月战斗失利，南剑州也落入敌手，行都福安（福州）失去屏障。福安府陷落，南宋从此成为海上的流亡政府。

景炎二年（1277）初，文天祥退却到广东梅州。后来仍力图北伐，无奈蒙古铁骑的进攻势不能抵，最后文天祥一家只剩下老少三人。经过崖山战役，文天祥被俘并押到广州。张弘范对他说："南宋灭亡，忠孝之事已尽，即使杀身成仁，又有谁把这事写入国史？文丞相如愿转而效元，定会受到重用。"文天祥回答道："国亡不能救，作为臣子，死有余罪，怎能再怀二心。"至元十六年（1279）十月，文天祥在一种求死不得、欲逃又不能的状态下抵达元大都燕京。三年后，坚强不屈的文天祥在燕京从容就义，留下了著名的《正气歌》。

文天祥是中国历史上伟大的英雄。他本来是个文官，可为了反对异族侵略，保卫国家，勇敢地走上了战场。那时候，蒙元派出大军，要消灭南宋，文天祥听到消息，拿出自己的家产，招募起3万壮士，组建起一支义军，抗元救国。有人说："元军人那么多，你这么点人怎么抵挡？不是虎羊相拼吗？"文天祥说："国家有难而无人解救，是我最心疼的事。我力量虽然单薄，也要为国尽力呀！"

南宋统治者投降了元军，文天祥仍然坚持抗战。他对大家说："救国如

救父母。父母有病，即使难以医治，儿子还是要全力抢救啊！"不久，他兵败被俘，坚决不肯投降，还写下了有名的诗句："人生自古谁无死，留取丹心照汗青。"被俘后，文天祥拒绝元朝的多次劝降，实现了舍身取义的理想，慷慨就义。文天祥的爱国精神，代代相传，成为中华民族共同的精神财富。

名宦威武，航海大家

郑和，原姓马名和，小名三宝，又名三保，云南昆阳（今晋宁昆阳街道）宝山乡知代村人。明代宦官，航海家、外交家。

洪武十三年（1381）冬，明朝进攻云南，10 岁的马和被明军副统帅蓝玉掠至南京，成为太监。14 岁的马和入朱棣燕王府。永乐元年（1403），姚道衍和尚收马和为菩萨戒弟子，法名福吉祥。马和身材魁梧，聪明伶俐，有智略，有学识，知兵习战，"内侍中无出其右"，很受朱棣的器重。靖难之变中，马和因为在"郑"地（今河北任丘北）有战功被明成祖朱棣赐姓"郑"，从此称"郑和"。后升任内官监太监，官至四品，仅次于明朝时最显赫的司礼监太监。

郑和最引人瞩目的成就是七次下西洋。永乐三年（1405）34 岁的郑和奉明成祖朱棣之命，造大宝船等 62 艘，偕王景弘率 27 800 人，从南京龙江港起航，经太仓出海第一次下西洋。他们到达了占城、爪哇、苏门答腊、满刺加、锡兰、古里等国家地区，期间帮助平息了爪哇内乱和三佛齐的海盗之乱。此后直到 1433 年，郑和每从苏州浏家港出发，完成了七下西洋的壮举。62 岁的郑和积劳成疾，在最后一次归国途中的古里（今印度卡利卡特）去世，为航海奉献了一生。

郑和七次下西洋拜访了 30 多个西太平洋和印度洋的国家和地区，最远曾达非洲东岸，红海、麦加等地，比西方探险家达伽马、哥伦布等人早八十多年。可见当时明朝在航海技术上是全面领先于西方的。

郑和航海的重要成果是绘制了《自宝船厂开船从龙江关出水直抵外国诸番图》，全图使用中国传统的山水画法，配上所记的针路和过洋牵星图，以南京为起点，最远到东非肯尼亚的慢八撒，到南纬四度左右为止，包括亚非两洲，所收地名达 500 多个，其中亚非诸国约占 300 个，相当准确地记录了航向、航程、停泊港口、暗礁、浅滩的分布，详细纪录了郑和大航海全部航程中开辟的众多新航道，重要的出航地点有 20 余处，主要航线有 42 条之多。

根据航海图，郑和所使用的海道针经（24/48 方位指南针导航）结合过洋牵星术（天文导航），在当时是最先进的航海导航技术。郑和的船队，白天用指南针导航，夜间则用观看星斗和水罗盘定向的方法保持航向。由于对淡水储存、船的稳定性、抗沉性等问题都作了科学设计，故郑和的船队能够在"洪涛接天，巨浪如山"的险恶条件下，"云帆高张，昼夜星驰"，很少发生意外事故。白天以约定方式悬挂和挥舞各色旗带，组成相应旗语。夜晚以灯笼反映航行时情况，遇到能见度差的雾天下雨，配有铜锣、喇叭和螺号用于通讯联系。

这些都充分证明明代我国航海技术的发达，同时也为世界航海史贡献了宝贵的财富。

除了开拓航路，检验航海技术外，郑和大航海起到了加强友谊、促进贸易、交流文化，传播文明的作用，收到了政治、外交、经济等多重效果。明朝借此与南海（今东南亚）、东非的诸多国家地区建立了友好关系，同时也震慑了倭寇、海盗，向经过的国家地区表达了中国人民对和平的向往，一定程度上稳定了东南亚、环印度洋周边的国际秩序。

郑和船队下西洋的过程中开展了许多贸易活动。一种是政治性质兼有朝贡答赐形式的贸易。朱棣在位 22 年，与郑和下西洋有关的亚非国家使节来华共 318 次，平均每年 15 次，盛况空前。其中文莱、满刺加、苏禄、古麻刺朗国 4 个国家先后 7 位国王亲自率团前来，最多一次有 18 个国家朝贡使团同时来华，还有 3 位国王在访问期间在中国病逝。他们遗嘱要托葬中华，明朝都按照王的待遇厚葬。一种是官方贸易，是郑和下西洋的重要内容，它是在双方官方主持下与当地商人进行的交易，是明朝扩大海外贸易的重要途径。郑和船队除了装载赏赐用的礼品外，还有中国的货物，如铜钱、丝绸、瓷器、铁器等。这种贸易可以用明代铜钱买卖，多数以货易货。最有影响的是击掌定价法，在印度古里，中国船队到达后，由当地的代理人负责交易事宜，将货物带到交易场所。双方在官员主持下当面议价定价，一旦定下，决不反悔，双方互相击掌表示成交。再一种是民间贸易。郑和下西洋消灭了海盗，维护了海上安全，开辟了航线，客观上也促进和刺激了民间贸易。

郑和下西洋所到之处，不仅进行海外贸易，还传播中国文化。郑和经过当时东南亚、南亚、非洲一些国家和地区，客观上发挥了"宣教化于海外诸番国，导以礼仪，变其夷习"的作用，中华礼仪和儒家思想、历法和度量衡制度、农业技术、制造技术、建筑雕刻技术、医术、航海造船技术等都不同程度得到了传播。如今在海外还流传着许多关于郑和的故事。马来西亚有三宝山、三宝井，印尼有三宝垄、三宝庙，留下了许多郑和遗迹，表达了当地人民对这位中华文明传播的先驱者的敬意。

那为什么朱棣要选择郑和下西洋呢？这是因为郑和具有得天独厚的优势和优秀的素质条件。首先，郑和懂兵法，有谋略，英勇善战，具有军事指挥才能，有实战经验。每次出海都是几万名的官兵，这需要杰出的军事指挥才能，这才保证了航海过程中多次军事行动的成功。第二，郑和知识丰富，熟悉西洋各国的历史、地理、文化、宗教，具有卓越的外交才能。在下西洋前，郑和曾出使暹罗、日本，有进行外交活动的经验。特别是永乐二年出使日本，通过郑和的外交活动，使得日本国主动出兵清剿在中国沿海的倭寇，并与中国正式建立外交关系，签订贸易条约。在下西洋途中，郑和往返于西洋各国之间，妥善处理各种外交事务，解决了一系列棘手问题，化解了矛盾，稳定了国际关系，提高了中国威信。第三，郑和具有一定的航海、造船知识。在下西洋前，郑和进行了两次较远距离的海上航行，增加了航海知识，积累了航海经验，为下西洋远航打下了基础。第四，郑和身份特殊，熟悉回教地区习俗。郑和下西洋途经的国家、地方，无论信仰风俗是什么，郑和凭菩萨戒之善巧方便，出色地完成远航任务。

可见，在群星璀璨的中华英杰中，郑和不仅是一位空前卓越的航海家；同时又是一位卓越的外交家、军事家。最宝贵的是他具有不畏艰险，征服自然的价值取向，和打开国门走向世界进行文化交流的决心。郑和敬业献身报效国家的精神是永存的，凝聚着中华民族开放进取、和平友好、交流合作、经略海洋和敢为天下先的优秀品德，是中华民族一笔宝贵的精神财富。

抬棺而谏，刚正清廉

海瑞，字汝贤，号刚峰，广东琼山（今属海南）人。著名清官。

海瑞出身于耕读之家，4岁时父亲去世。母亲谢氏性格刚强，对海瑞要求很严格。海瑞自幼攻读经书，立志若为官就不谋取私利，不谄媚权贵。

嘉靖三十三年（1554），两次会试不中的海瑞放弃科举考试。后来到福建延平府南平县当教谕（正式教师）。期间，有朝廷的御史到县学视察，其他教师都跪在地上施礼，唯独海瑞长揖行礼，并且说："到御史所在的衙门当行部属礼仪，这个学堂是老师教育学生的地方，不应屈身行礼。"

嘉靖四十一年（1562），48岁的海瑞被任命为淳安知县。海瑞生活节俭，穿布袍、吃粗粮糙米，让老仆人种菜自给。总督胡宗宪曾告诉别人说："昨天听说海县令为老母祝寿，才买了二斤肉啊。"胡宗宪的儿子路过淳安县，向驿吏发怒，把驿吏倒挂起来。海瑞说："过去胡总督考察巡视各部门，命令所路过的地方不要供应太铺张。现在这个人行装丰盛，一定不是胡公的儿子。"打开胡公子的袋子，有金子数千两，海瑞把金子没收到县库中。

海瑞不畏权贵。国公张志伯奉旨巡察各省，依仗权势，贪赃枉法。海瑞劝农归来，张志伯的亲信差官张彪来至县衙，强索赊银万两，海瑞拒绝，反将张彪棍责逐出。张志伯闻报大怒，至淳安责问海瑞，海瑞毫不畏惧，当面指斥其贪赃枉法。张志伯临行索要纤夫四百名再作刁难。海瑞因农忙，不愿扰害百姓，就亲自率领衙役背纤，张志伯只能狼狈而去。

嘉靖四十五年（1566），海瑞被选拔为户部云南司主事。明世宗朱厚熜晚年，不去朝堂处理政务，深居在西苑，专心致志地设坛求福。大臣凡有

言时政者即获罪。这年二月,海瑞买了口棺材,并且将家人托付给一个朋友。然后向嘉靖皇帝呈上《治安疏》,批评他迷信巫术、生活奢华、不理朝政等几大罪状。嘉靖读后将《治安疏》摔在地上,立即就要治海瑞的罪。有宦官在旁边进言说:"这个人从来都是赫赫傻名。听说他上疏之前,知道必死,就买了口棺材,已与妻子诀别。"嘉靖听后默默无言,命人捡起《治安疏》又读了多次,说:"这个人可和比干相比,但朕不是商纣王。"后来嘉靖生病,心情郁闷,就把海瑞抓进诏狱。有阁臣主张对海瑞处以绞刑,后来被首辅徐阶与刑部尚书黄光升压了下来。嘉靖死后,狱中主事觉得这对海瑞是个喜讯,孰料海瑞听说嘉靖死讯大哭了一夜。明穆宗朱载垕,即隆庆皇帝即位后,按照嘉靖诏,赦免了以海瑞为代表的所有谏臣。

隆庆三年(1570)夏天,海瑞升调右佥都御史(正三品),外放应天巡抚。辖区包括应天、苏州、常州、镇江、松江、徽州、天平、宁国、安庆、池州十府及广德州,多为江南富庶的鱼米之乡。海瑞就任应天巡抚之后,立即颁布《督抚宪约》,规定巡抚出巡各地,府、州、县官一律不准出城迎接,也不准设宴招待。考虑到朝廷大员或许仍须稍存体面,他准许工作餐可以有鸡、鱼、猪肉各一样,但不得供应鹅和黄酒,而且也不准超过伙食标准。这个标准是:物价高的地方纹银三钱,物价低的地方两钱,连蜡烛、柴火等开支也在上述数目之内。

属吏害怕海瑞的威严,很多贪官污吏便自动辞职。有显赫的权贵把门漆成红色的,听说海瑞来了,改漆成黑色的。宦官在江南监督织造,见海瑞来了,就减少车马随从。

海瑞兴利除害,请求整修吴淞江、白茆河,通流入海,百姓得到了兴修水利的好处。海瑞早就憎恨大户兼并土地,全力摧毁豪强势力,推行"一条鞭法",安抚穷困百姓。贫苦百姓的土地有被富豪兼并的,大多夺回来交还原主。

徐阶此时正退隐在应天。海瑞虽然感激徐阶救命之恩,但论及公事毫不徇私情。徐阶的第三子徐瑛霸占民田,鱼肉乡里,强占民女赵小兰。海瑞判处徐瑛死罪,饬令退田。然后自己交出大印,慨然罢官归里。这就是有名的"海瑞罢官"。"海青天"之名也由此传开。

万历十三年（1585）正月，明神宗朱翊钧器重海瑞的名望，召海瑞为南京右佥都御史，在赴任的路上改为南京吏部右侍郎，海瑞当时年已72岁了。后来万历屡次要重用海瑞，主持国事的阁臣暗中阻止，于是万历任命海瑞为南京右都御史。海瑞上任后力主严惩贪官污吏，禁止循私受贿。

海瑞的清廉，甚至达到了不近人情的地步。按照当时官场的风气，新官到任，旧友高升，总会有人来送些礼品礼金，以示祝贺。这些小额的礼品礼金是人之常情。然而海瑞绝不准许人送贺礼，包括老朋友贺邦泰、舒大猷也不例外。至于公家的便宜，更是一分也不占。海瑞临终前，兵部送来的柴金多算了七钱银子，他也要算清了退回去。

万历十五年（1587），海瑞病死于南京任上。去世后，人们看到他的住处用葛布制成的帏帐和破烂的竹器，极其寒碜，丧事用度只能靠大家凑钱解决。海瑞的死讯传出，南京的百姓因此罢市。朝廷赠海瑞太子太保，谥忠介。

实事求是，创东方药典

李时珍生于 1518 年，字东璧，时人谓之李东璧。号濒湖，晚年自号濒湖山人，湖北蕲州（今属湖北省黄冈市）人，伟大的医学家、药物学家。李时珍曾参考历代有关医药及学术书籍八百余种，结合自身经验和调查研究，编成《本草纲目》一书，这是我国古代药物学的总结性巨著，在国内外均有很高的评价。另有《奇经八脉考》、《濒湖脉学》、《五脏图论》等十种著作。

李家世代业医，祖父是"铃医"；父亲李言闻，是当地名医。李时珍继承家学，尤其重视本草，并富有实践精神，肯于向劳动人民群众学习。李时珍 38 岁时，被武昌的楚王召去任王府"奉祠正"，兼管良医所事务。三年后，又被推荐上京任太医院判。太医院是专为宫廷服务的医疗机构，当时被一些庸医弄得乌烟瘴气。李时珍在此只任职了一年，便辞职回乡。

在父亲的启示下，李时珍认识到，"读万卷书"固然重要，但"行万里路"更不可少。于是，他既"搜罗百氏"，又"采访四方"，深入实际进行调查。李时珍穿上草鞋，背起药筐，在徒弟庞宪、儿子建元的伴随下，远涉深山旷野，遍访名医宿儒，搜求民间验方，观察和收集药物标本。

他首先在家乡蕲州一带采访，后来，多次出外采访。除湖广外，还到过江西、江苏、安徽等地，均州的太和山也到过。后人为此写了"远穷僻壤之产，险探仙麓之华"的诗句，反映他远途跋涉、四方采访的生活。比如芸苔，是治病常用的药，但究竟是什么样的？《神农本草经》说不明白，各家注释也搞不清楚。李时珍问一个种菜的老人，在他指点下，又观察了实物，才知道芸苔，实际上就是油菜。

曼陀罗花，吃了以后会使人手舞足蹈，严重的还会麻醉。李时珍为了寻找曼陀罗花，离开了家乡，来到北方。为了掌握曼陀罗花的性能，李时珍冒着中毒的危险亲自尝试，证实了单独使用大豆是不可能起解毒作用的，如果再加上一味甘草，就有良好的效果，并记下了"割疮灸火，宜先服此，则不觉苦也"。

蕲蛇，即蕲州产的白花蛇，这种药有医治风痹、惊搐、癣癞等功用。李时珍早就有研究它，但开始只从蛇贩子那里观察。内行人提醒他，那是从江南兴国州山里捕来的，不是真的蕲蛇。那么真正蕲蛇的样子又是什么样的呢？他请教一位捕蛇的人，那人告诉他，蕲蛇牙尖有剧毒，人被咬伤，要立即截肢，否则就中毒死亡。蕲州那么大，其实只有城北龙峰山上才有真正的蕲蛇。李时珍决心追根究底，要亲眼观察蕲蛇，于是请捕蛇人带他上了龙峰山上。那里有个獟猊洞，洞周围怪石嶙峋，灌木丛生。缠绕在灌木上的石南藤，举目皆是。蕲蛇喜欢吃石南藤的花叶，所以生活在这一带。李时珍置危险于度外，到处寻找。在捕蛇人的帮助下，终于亲眼看见了蕲蛇，并看到了捕蛇、制蛇的全过程。由于这样深入实际调查过，后来他在《本草纲目》中才能够说得简明准确。

可见，李时珍了解药物，并不满足于走马看花式的调查，而是一一采视，对着实物进行比较核对。这样弄清了不少似是而非、含混不清的药物。

李时珍 61 岁那年（1578），耗时 27 年，《本草纲目》终于写成。这本书是他读书、考察、采访、实践经验等融合的结晶。期间，他翻山越岭，访医采药，足迹遍及河南、河北、江苏、安徽、江西、湖北等广大地区，以及牛首山、摄山（古称摄山，今栖霞山）、茅山、太和山等大山名川，走了上万里路，倾听了千万人的意见，参阅各种书籍 800 多种，整体修改了三次。这部巨著共计 16 部、52 卷，约 190 万字。全书收纳诸家本草所收药物 1518 种，在前人基础上增收药物 374 种，合 1892 种，其中植物 1195 种；共辑录古代药学家和民间单方 11 096 则；书前附药物形态图 1100 余幅。这部伟大的著作，吸收了历代本草著作的精华，尽可能地纠正了以前的错误，是到16 世纪为止中国最系统、最完整、最科学的一部医药学著作。在动植物分类学等许多方面有突出成就，并对其他有关的学科（生物学、化学、矿物学、

地质学、天文学等等）也做出了贡献。此外，《本草纲目》中收载各类附方11 096首，涉及临床各科，包括内科、外科、妇科、儿科、五官科等，其中2900多首为旧方，其余皆为新方。治疗范围以常见病、多发病为主，所用剂型亦是丸散膏丹俱全，且许多方剂既具科学性，又有简便廉验之特点，极具实用性。

该书出版后，很快就传到日本，以后又流传到欧美各国，先后被译成日、法、德、英、拉丁、俄、朝鲜等十余种文字在国外出版，传遍五大洲。早在1951年，在维也纳举行的世界和平理事会上，李时珍即被列为古代世界名人；他的大理石雕像屹立在莫斯科大学的长廊上。《本草纲目》不仅对中医药学具有极大贡献，而且对世界自然科学的发展也起了巨大的推动作用，被誉为"东方医药巨典"。英国著名生物学家达尔文也曾受益于《本草纲目》，称它为"中国古代的百科全书"。

一代良相，富国强兵

　　张居正，字叔大，号太岳。湖广江陵（今属湖北省荆州市）人，谥号"文忠"。张居正是明朝中后期政治家，是我国历史上不可多得的改革家，万历时期任内阁首辅，推行新政。

　　张居正原名"白圭"，自幼聪颖过人，是荆州府远近闻名的神童。嘉靖十五年（1536），12 岁的白圭报考生员，其机敏伶俐深得荆州知府李士翱怜爱，李士翱嘱咐小白圭要立大志，将来尽忠报国，并替他改名"居正"。一年后张居正参加乡试，受到湖广巡抚顾璘的"照顾"而落榜。顾璘看张居正堪成大器，故意多加磨砺。三年后，少年张居正顺利中举。顾璘十分赏识，称"此子将相才也"，并解下犀带相赠，希望他志存高远，做伊尹，做颜渊，能德才兼备。嘉靖二十六年（1547），23 岁的张居正中二甲第九名进士，授庶吉士。

　　张居正入选庶吉士，向内阁重臣徐阶学习经邦济世之学，同时也默默观察内阁中激烈的政治斗争。张居正逐渐成熟。嘉靖四十三年（1564），徐阶荐张居正为裕王朱载垕的侍讲侍读。隆庆元年（1567），张居正以裕王旧臣的身份，升为吏部左侍郎兼文渊阁大学士，进入内阁，参与朝政。同年四月，又改任礼部尚书、武英殿大学士。后迁任内阁次辅，为吏部尚书、建极殿大学士。

　　隆庆六年（1572），年仅 10 多岁的神宗继位，张居正继高拱任内阁首辅，即宰相。当时明神宗年幼，一切军政大事均由张居正主持裁决。八月，他从省议论、振纪纲、重诏令、核名实、固邦本、饬武备等六个方面提出改革政治的方案，其核心就是整饬吏治，富国强兵，明确地把解决国家"财用大

匪"作为自己的治国目标。

首先巩固国防。在军事上用戚继光镇蓟门（今河北迁西县西北），李成梁镇辽东（今辽宁辽阳），加强北方的防备。解决了鞑靼俺答汗问题，保证了明与北蒙古的长久和平，双方茶马互市，保持贸易往来。同时，用凌云翼、殷正茂等平定南方少数民族叛乱，巩固了国防。

其次是整顿吏治。实行"考成法"，整顿吏治，明确职责，加强考核，提高行政效率。解决了官僚争权夺势、玩忽职守的腐败之风。张居正的很多政策实施得很有效。如当时天下不太平已经很久了，盗贼群起，甚至抢劫官府库房，地方政府常常隐瞒这类事情不上报。张居正下令如有隐匿不报者，即使循良的官吏也必撤职，地方官再不敢掩饰真情，抓到强盗，当即斩首处决，并追捕他们的家属，盗贼因此衰败。

然后是加强理财，改善财政和赋税。张居正推行了两项措施：一是清查土地。在万历六年（1578），下令在全国进行土地的重新丈量，清查漏税的田产。经过两年清理出近三百万顷，朝廷赋税大大增加，到万历十年是明朝最富庶之时。二是改革赋税，实行"一条鞭法"。赋税统一征收，使国家容易掌握，百姓明白易知，防止官吏从中贪污。

从历史大局看，张居正新政无疑是继商鞅、秦始皇以及隋唐之际革新之后直至近代前夜影响最为深远、最为成功的改革。张居正改革的影响，不仅表现在他起衰振骠、力挽狂澜，奇迹般地在北疆化干戈为玉帛，在一定程度上缓解了国内的阶级矛盾和民族矛盾，为明王朝延续了几十年的寿命；还表现在一举扭转"神运鬼输，亦难为谋"的财政危机，弼成万历初年之治，为万历年间资本主义萌芽的进一步发展打下了良好的基础；更体现在对近代前夜国家统一与社会转型起到的巨大推动作用。一条鞭法是介于唐代"两税法"与清代摊丁入亩之间的赋役制度，在我国封建社会后期的赋役制度的演变中有着承前启后的作用。张居正是我国历史上不可多得一位名相、良相。论态度，张有诸葛亮的勤勉；论魄力，张有王安石的勇敢；论手段、效果与影响，张或高过二者而无不及。

抗倭英雄，北疆长城

　　戚继光生于 1528 年，字元敬，号南塘，晚号孟诸，卒谥武毅。生于山东济宁。戚继光南抗倭寇，北拒蛮兵，是明朝杰出的军事家、民族英雄。他写下了十八卷本《纪效新书》和十四卷本《练兵实纪》等著名兵书。这两部书是他练兵打仗的经验总结，也是他训练军队的教本，在军事学上有很高的地位。

　　戚继光幼年时家境贫寒，但喜欢读书，通晓儒经、史籍。嘉靖二十三年（1544），戚继光继承祖上的职位，任登州卫指挥佥事。嘉靖二十五年（1546），戚继光负责管理登州卫所的屯田事务。当时山东沿海一带遭受到倭寇的烧杀抢掠，戚继光有心杀贼，立志"封侯非我意，但愿海波平"。嘉靖三十二年（1553），戚继光受张居正的推荐，进署都指挥佥事一职，管理登州、文登、即墨三营二十五个卫所，防御山东沿海的倭寇。嘉靖三十四年（1555），戚继光被调往浙江都司佥事，并担任参将一职，防守宁波、绍兴、台州三郡。

　　嘉靖三十七年（1558），戚继光和俞大猷把握战机，击沉倭寇大船，取得"岑港之战"的胜利，奉命守卫守台、金、严三郡。戚继光到浙江赴任后，发现卫所的将士作战能力一般，而金华、义乌的人比较彪悍，于是戚继光前往金华、义乌招募了三千人，针对倭寇特点，开始训练"戚家军"。戚继光因地制宜，创制了"鸳鸯阵"。当时浙闽沿海多山陵沼泽，道路崎岖，大部队兵力不易展开了作战，而倭寇又善于设伏，好短兵相接。戚继光针对这一特点，发明了"鸳鸯阵"。这种以十二人为一作战基本单位的阵形，长短兵器互相配合，可随地形和战斗需要而不断变化，有效打击了倭寇。

　　嘉靖四十年（1561），倭寇大举进攻桃渚、圻头等地，戚继光率军扼守桃渚，于龙山大破倭寇，一路追杀至雁门岭。倭寇遁走之后，趁虚袭击台州，

戚继光一马当先手刃倭寇首领，余党走投无路，全部坠入瓜陵江淹死。而圻头倭寇竟又来侵犯台州，戚继光率军于仙居将其全歼。台州大捷后，戚继光官升三等。嘉靖四十一年（1562），倭寇进犯福建，闽广两地倭寇联手，气势汹汹，当地官军不敢进攻，戚继光奉命剿贼。经过几番战斗，闽广一带的倭寇几乎被戚继光杀光。

抗倭期间，戚继光还对军备武器进行了有效的改革，如戚氏军刀、狼筅、虎蹲炮等。后来，戚继光率领"戚家军"又取得了兴化、仙游之战的胜利，倭寇式微。

因为戚继光抗倭有功，隆庆元年（1567），戚继光被任命为神机营副将，防御北疆。当时谭纶刚刚在辽、蓟一带募集了三万步兵，又在浙江招募了三千士兵，请求让戚继光对其训练，得到了穆宗的许可。隆庆二年（1568），明穆宗以戚继光为蓟州总兵官，镇守蓟州、永平、山海等地。又以戚继光前破吴平有功，进封他为右都督。戚继光屡次打败北蛮的侵略，蓟门固若金汤，北蛮无法攻入，于是转而进犯辽东。戚继光率兵增援，协助辽东守将李成梁将其击退。朝廷封戚继光为太子太保，又进封少保。

戚继光镇守蓟门时期，根据北方游牧民族擅长骑兵作战的特点，建立了车营来克制骑兵，每四人推一辆战车，战车里放置拒马器和火器。战斗时，将战车结成方阵，马步军以战车为掩护，先用火器进行远距离攻击，敌人的骑兵靠近后步兵使用拒马器列于阵前，用长枪刺杀，敌人败北后，派骑兵对其进行追击。戚继光又在阵后置辎重营，选南兵为先锋，入卫兵主策应，本镇兵专门负责防守，戚继光一军节制精明，器械犀利，使得蓟门成为当时边境第一军。

同时，戚继光还大规模地修筑长城。戚继光在修建长城过程中，依据"因地制宜，用险制塞"的建筑思想，山势低矮处，加高城墙；山势高峻处，修建敌楼，个别地方加修了障墙、支墙、挡马墙，全部为砖石结构或砖石木结构，使这段长城设施完备、构筑牢固、布局严谨、可攻可守。迄今障墙、文字砖、挡马墙仍被誉为金山岭长城的"三绝"。

戚继光在东南沿海抗击倭寇十余年，扫平了多年为虐沿海的倭患，确保了沿海人民的生命财产安全；后又在北方抗击蒙古部族内犯十余年，保卫了北部疆域的安全，促进了蒙汉民族的和平发展。

　　同时，戚继光又是一位杰出的兵器专家和军事工程家，他改造、发明了各种火攻武器；他建造的大小战船、战车，使明军水路装备优于敌人；他富有创造性地在长城上修建空心敌台，进可攻退可守，是极具特色的军事工程。

志在四方，地理大家

徐霞客(生于 1587 年)，名弘祖，号霞客，明朝南直隶江阴(今江苏江阴市)人。著名的地理学家、旅行家和探险家，著有《徐霞客游记》。其一生志在四方，不避风雨虎狼，与长风云雾为伴，以野果充饥，以清泉解渴，出生入死，被称为"千古奇人"。

徐霞客出生在直隶江阴(今江苏江阴)一个富庶的书香门第之家。徐霞客幼年受父亲影响，喜爱读历史、地理和探险、游记之类的书籍。因此他从小就立志要遍游名山大川。22 岁那年，在母亲的鼓励下，徐霞客决心远游。从此直到 54 岁逝世，他绝大部分时间都是在旅行考察中度过的。

用现在的话说，徐霞客完全靠自费先后游历了相当于今江苏、安徽、浙江、山东、河北、河南、山西、陕西、福建、江西、湖北、湖南、广东、广西、贵州、云南等十六个省。东到今浙江的普陀山，西到云南的腾冲，南到广西南宁一带，北至河北蓟县的盘山，足迹遍及大半个中国。攀登了黄山、泰山、普陀山、天台山、雁荡山、九华山、武夷山、庐山、华山、武当山、罗浮山、盘山、五台山、阻山、衡山、九嶷山等名山，考察了太湖、岷江、黄河、富春、闽江、九鲤湖、钱塘江、潇水、湘水、郁江、黔江、黄果树瀑布、盘江、滇池、洱海等胜水。

徐霞客是一个将兴趣做成事业的人。在他三十多年的旅行考察中，不只有登览的胜景，更多的是过程的艰辛，常人无法想象的艰难险阻。三十年，他主要是步行，连骑马乘船都很少，还经常自己背着行李赶路。他寻访的地方，多是荒凉的穷乡僻壤，或是人迹罕至的边疆地区，陡峭的山峰和急流险滩，充满了艰难险阻，甚至随时有丧生的危险。他不避风雨，不怕虎狼，以野果充饥，以清泉解渴。他几次遇到生命危险，出生入死。

28岁那年，徐霞客来到温州攀登雁荡山。他想起古书上说的雁荡山顶有个大湖，就决定爬到山顶去看看。当他艰难地爬到山顶时，只见山脊笔直，简直无处下脚，怎么能有湖呢？可是，徐霞客仍不肯罢休，继续前行到一个大悬崖，路没有了。他仔细观察悬崖，发现下面有个小小的平台，就用一条长长的布带子系在悬崖顶上的一块岩石上，然后抓住布带子悬空而下，到了小平台上才发现下面斗深百丈，无法下去。他只好抓住布带，脚蹬悬崖，吃力地往上爬，准备爬回崖顶。爬着爬着，带子断了，幸好他机敏地抓住了一块突出的岩石，不然就会掉下深渊，粉身碎骨。

徐霞客在游历考察过程中，曾经三次遭遇强盗，四次绝粮。湘江遇盗，跳水脱险的事，发生在公元1636年他51岁时的第四次出游中。这次出游，他计划考察湖南、湖北、广西、贵州、云南等地。出游不久，就在湘江遇到强盗，他的一个同伴受伤，行李、旅费被洗劫一空，人也险些丧命。当时，有人劝徐霞客不如回去，并要资助他回乡的路费，但他却坚定地说："我带着一把铁锹来，什么地方不可以埋我的尸骨呀！"

徐霞客能坚持下来靠的是坚强的决心和卓绝的意志。跋涉一天后，无论多么疲劳，无论是露宿街头还是住在破庙，徐霞客都坚持把自己考察的收获记录下来。他写下的游记有二百四十多万字，可惜大多失散了。留下来的经过后人整理成书，就是著名的《徐霞客游记》。这部书四十多万字，是把科学和文学融合在一起的一大"奇书"。这部书给后人留下了广阔范围的考察纪实，特别是边远地区的地理风貌。

徐霞客为我国地理学、地质学等做出了珍贵的贡献。例如他对福建建溪和宁洋溪水流的考察，就是一例。黎岭和马岭分别为建溪和宁洋溪的发源地，两座岭的高度大致相等，可是两条溪水入海的流程相差很大，建溪长，而宁洋溪短。徐霞客经过考察，得出宁洋溪的水流比建溪快的结论。"程愈迫则流愈急"，也就是说路程越短，水流越急。

徐霞客在山脉、水道、地质和地貌等方面的调查和研究都取得了超越前人的成就。浩荡的长江流经大半个中国，它的发源地在哪儿，很长时间

都是个谜。战国时期的一部地理书《禹贡》，其中有"岷江导江"的说法，后来的书都沿用这一说。徐霞客对此产生了怀疑。他带着这个疑问"北历三秦，南极五岭，西出石门金沙"，查出金沙江发源于昆仑山南麓，比岷江长一千多里，于是断定金沙江才是长江源头，迈出了极为重要的一步。

徐霞客还是世界上对石灰岩地貌进行科学考察的先驱。我国西南地区石灰岩分布很广泛。徐霞客在湖南、广西、贵州和云南作了详细的考察，对各地不同的石灰岩地貌作了详细的描述、记载和研究。他还考察了一百多个石灰岩洞。徐霞客去世后的一百多年，欧洲人才开始考察石灰岩地貌，徐霞客称得上是世界最早的石灰岩地貌学者。

徐霞客对火山、温泉等地热现象也都有考察研究，对气候的变化，对植物因地势高度不同而变化等自然现象，都作了认真的描述和考察。此外，他对农业、手工业、交通的状况，对各地的名胜古迹演变、少数民族的风土人情、土司之间的战争兼并等事情记述，多为正史稗官所不载，具有一定的历史学、民族学价值。《徐霞客游记》被后人誉为"世间真文字、大文字、奇文字"。2001年5月19日，浙江宁海人麻绍勤以宁海徐霞客旅游俱乐部的名义，向社会发出设立"中国旅游日"的倡议，建议《徐霞客游记》开篇之日（5月19日）定名为中国旅游日。

梅花岭上，万古流芳

史可法（生于1601），明末政治家，军事统帅。字宪之，又字道邻，祥符人（今河南开封），祖籍顺天府大兴县（今北京）。明南京兵部尚书、东阁大学士，因抗清被俘，不屈而死。南明朝廷谥之为"忠靖"。清高宗（乾隆）追谥为"忠正"。

史可法是崇祯元年（1628）进士。崇祯十年（1637），被张国维推荐升任都御史，巡抚安庆、庐州、太平、池州及河南江西湖广部分府县。崇祯十四年（1641）总督漕运。

史可法为政很有惠声，以"廉政爱民"为朝野称道。当六安城垣倾圮时，他自捐俸修葺，"佐以节省之资不下二千金，而不支金帑，不费民财，虽一砖一石，亦目寓而心经焉。"而他自己却"终岁布衣蔬食，约己裕民。"当他看到六安学事废弛，开"礼贤馆，广咨问，以拔才能"，当他看到官吏借"签点法"无偿征收百姓马匹，致使"中人之产立尽"，"百姓苦之"时，他立即改革，永除其弊。他"事无巨细，咸属亲裁，目视、耳听、口答、手批，靡不赡举，而始终无倦，致百废俱兴。"当他巡抚凤阳等处时，大胆"劾罢督粮道三人，增设漕储道一人。"表现了他嫉恶如仇、整饬吏治的胆略。

史可法是南明朝廷的一道脊梁。崇祯十六年1643)七月拜南京兵部尚书，参赞机务。崇祯十七年三月李自成攻占北京，弘光政权建立后，拜礼部尚书兼东阁大学士，时称"史阁部"。此时，南明朝廷一诞生就处于风雨飘摇之中，然而党争不断，文武不协，尤其是东林党人与马士英、阮大铖之间的矛盾，都加速了弘光政权的败亡。

史可法本可为首辅（即宰相），但在朝廷的争斗排挤中，作为东林党人，又是兵部尚书，他只得自请督师江北，前往扬州统筹刘泽清、刘良佐、高杰、黄得功等江北四镇军务机宜。然而，四镇因定策之功而飞扬跋扈，各据地自雄，史可法与朝廷皆无力管束。四镇尾大不掉、各自为政，致使明军非但无力进取，连抵抗清军南下皆不得要领。

弘光元年（1645）正月，河南总兵许定国私通清朝，巡按陈潜夫和参政分巡睢阳道袁枢请四镇之一的高杰北上。弘光元年正月十二日夜，高杰在睢州故袁可立府第内被许定国害死，清军乘机南下。史可法闻讯长叹："中原事不可图矣！"四月，左良玉率数十万兵力，由武汉举兵东下，要清君侧，"除马阮"，马士英竟命史可法尽撤江防之兵以防左良玉。史可法只得兼程入援，抵燕子矶，以致淮防空虚。左良玉为黄得功所败，呕血而死，全军投降清朝；史可法奉命北返，此时盱眙降清，泗州城陷。史可法遂至扬州，继续抵抗清军的进攻。

当年五月十日，多铎兵围扬州，史可法传檄诸镇发兵援救，刘泽清北遁淮安，仅刘肇基等少数兵至，防守见绌。此时多尔衮劝降，史可法致《复多尔衮书》拒绝投降。副将史德威追随史可法多年，史可法收其为义子，托以后事；二十四日清军以红衣大炮攻城。入夜扬州城破，史可法自刎，被众将拦住。众人拥下城楼，大呼曰："我史督师也！"多铎亲自出面劝降，口称先生，以宾礼相待，许以高官厚禄。但史可法严词拒绝："我为朝廷大臣，岂肯偷生为万世罪人！吾头可断，身不可辱，愿速死，从先帝于地下。"史可法还说："城亡与亡，我意已决，即碎尸万段，甘之如饴，但扬城百万生灵不可杀戮！"后壮烈就义。因为攻城的清军遭到很大伤亡，心里恼恨，下令屠杀扬州百姓。屠杀延续了十天，死亡逾八十万人，史称"扬州十日"。因史可法的遗体不知下落，隔年，史德威将其衣冠葬于扬州城天宁门外梅花岭。后来全祖望曾写《梅花岭记》描述此事。

史可法受命于危难之际，纵是倚天长剑也难以力挽狂澜，但他明知不可而故为，确实做到了鞠躬尽瘁。扬州被围时，清兵至少十万人，扬州守兵仅万多人，可谓敌众我寡。多铎不断派明降将劝降，史可法说："我为朝廷首辅，岂肯反面事人？"接着多铎亲自出马，连发五封书信，史可法都不启封，全部付之一炬。史可法给母亲和夫人的遗书写道："北兵于十八日围扬城，至今尚未攻打，然人心已去，收拾不来！法早晚必死，不知夫人肯随我去否？"史可法清楚地知道，形势没有胜利的可能，但他决心已定，抗战到底，以死报国。

史可法的精神是民族的骄傲，在中华正气篇上是熠熠发光的一页。史可法在为官期间为百姓做了许多好事，现今史氏宗祠东宅建有"忠烈祠"。祠堂两边的楹联写着："尚张睢阳为友，奉左忠毅为师，大节炳千秋，列传足光明史牒；梦文信国而生，慕武乡侯而死，复仇经九世，神州终见汉衣冠。"史可法可歌可泣的一生，可以用他在安徽宿松白崖寨歼敌时留下的对联为证："听涧底泉声，呼天地是歌是哭；看阶前月色，问英雄还死还生。"沉雄摇荡，自有一番气骨，而史可法的挽大厦将倾的勇气和精神也鼓舞着一代又一代的志士仁人。后来的少年义士夏完淳答洪承畴劝降时，曾书写一联："洪恩浩荡，不能报国反成仇；史笔流芳，虽未成功终可法。"嵌了史可法三字，掷地有声，史可法的精神气壮山河，光耀千古。

收复台湾，民族英雄

郑成功生于 1624 年，明末清初军事家，民族英雄。名森，字明俨，福建省南安市石井镇人。南明弘光时监生，隆武帝赐姓朱、并封忠孝伯，俗称"国姓爷"。南明永历帝封全为"延平王"。

郑成功儿时名福松，塾师给他起名森，寓深沉整肃、丛众茂盛之意。郑成功 21 岁从家乡到南京进入国子监就学，师从大名士钱谦益，钱谦益为他起名大木。1645 年 5 月 15 日，清军攻占南京，摧毁了弘光政权。一些明朝遗臣和抗清力量，在福州拥立唐王朱聿键为帝，建号隆武。当时郑成功的父亲郑芝龙手握重兵，很为隆武帝倚重。隆武帝赞赏郑成功的才华，赐以"朱"姓，并改名成功。

后来郑芝龙被清廷诱降。郑成功自称罪臣，率领父亲旧部，以"杀父复明"为口号，在东南沿海抗清，成为南明后期主要军事力量之一。丛隆武二年（清顺治三年，1646）开始领军起，到明永历十四年（1660）、清顺治十六年（1660），郑成功以厦门、金门为根据地，转战福建、广东、江西、浙江、江苏一带，多次挫败清军，取得潮州、厦门、漳州、海澄等战役的胜利，并誓师北伐，一度由海路突袭、包围清江宁府（原明朝南京），成为最有力的一支反清复明力量。郑成功是一代儒将，南京之役，曾留下豪情满怀的诗歌《出师讨满夷自瓜州至金陵》："缟素临江誓灭胡，雄师十万气吞吴。试看天堑投鞭渡，不信中原不姓朱。"

出于军事需要，郑成功大力发展海上贸易。当时荷兰人常劫夺郑氏和海外华人至东南亚商船，郑成功多次派出水军打击荷兰舰队，并于 1656 年到 1660 年期间两次警告荷兰人，除非荷兰人停止劫夺华人的商船，否则郑氏将不会与荷兰贸易。为了解决大军的粮草及后勤给养问题，郑成功开始筹划收复台湾。

台湾省在南宋和元朝的时候，中央政府就在澎湖、台湾设置。1624 年，荷兰殖民者侵入台湾。1661 年春天，一位名叫何斌的爱国人士从台湾来到厦门，向郑成功申诉了台湾人民渴望解放的心情，并献上了进军台湾的地图。郑成功于是下定决心：收复台湾！

郑成功在厦门修造船只，聚集粮草，加紧操练海军，做好了充分准备。永历十五年（1661）三月，郑成功亲率大军二万五千人，战船数百艘，从金门岛的料罗湾出发，向台湾进军。24 日，大军进入澎湖海面，狂风暴雨，突然袭来。为了早日完成光复大业，在极端恶劣的气候条件下，郑成功传令大军连夜破浪前进。郑成功的大军在一个海水涨潮的夜晚，于鹿耳门的禾寮港登陆，进攻赤嵌楼。敌军守将描难丁战败投降。郑成功留部将杨朝栋守赤嵌楼，亲自率军乘胜进攻赤嵌城（荷兰殖民者在台南建筑的"王城"）。郑成功写了一封信给荷兰殖民头目台湾总督揆一，要他投降。郑成功说："然台湾者，早为中国人所经营，中国之土地也。……今予既来索，则地当归我。"表达了正义的决心。郑成功命令大军把赤嵌城严密包围起来，发炮向城里进攻。赤嵌城附近的高山族人民都来欢迎和援助郑成功，城里的汉人也给郑成功传递消息，殖民者的命运完全控制在郑成功的手中了。荷兰殖民者负隅顽抗，又从巴达维亚派来一支援军，但是迅速被击退。赤嵌城被围困了七个多月后，到这一年的农历十二月，揆一在投降条约上签了字，最后带着残敌五百人退出台湾。沦陷了 38 年的台湾，重回祖国怀抱。郑成功留下了《复台》一诗："开辟荆榛逐荷夷，十年始克复先基。田横尚有三千客，茹苦间关不忍离。"

郑成功收复台湾后，把荷兰人所筑的赤嵌城改为承天府，把台湾改称东都。他废除了荷兰殖民者的残酷剥削，开辟田园，从事生产，设立学校，发展文化，使台湾的经济文化得到迅速的发展。

郑成功在闽台期间，还注重保护华商正常的贸易往来，注重保护海外华侨的权益。1647 年 1 月，郑成功起兵后，多次帮助明室宗族与民众渡海

定居台湾及东南亚各地。郑成功还让华商领取郑府令牌和"国姓爷"旗号，以帮助保护华人在海外经商时的安全。当时确有很多海外华商采取此法，而得以安全出海经商。

1565 年，西班牙殖民统治菲律宾。1603 年和 1639 年，西班牙殖民者二次屠杀在菲律宾的华侨华商，死亡人数达五万余众。在得知菲律宾华侨的处境后，1657 年，郑成功曾经致函给爪哇岛巴达维亚的一位华侨甲必丹，要求他停止与菲律宾的西班牙殖民者进行贸易往来。郑成功曾多次对菲律宾华侨表示关切，为了保护华侨利益，甚至想过要出兵表示惩戒。

永历十六年（清康熙元年，1662）五月初八，一生征战的郑成功急病而亡，死前大喊："我无面目见先帝于地下"，抓破脸面而死，年仅 39 岁。

郑成功的忠贞报国赢得了后世的普遍尊敬，包括他所对抗的清廷。康熙曾说"朱成功明室遗臣，非吾乱臣贼子"，写下楹联旌表："四镇多二心，两岛屯师，敢向东南争半壁；诸王无寸土，一隅抗志，方知海外有孤忠。" 1874 年，钦差大臣沈葆桢赴台办理海防，请准为郑成功建祠祭祀，并由礼部追谥为"忠节"。沈葆桢亲撰一联："开万古得未曾有之奇，洪荒留此山川，作遗民世界；极一生无可如何之遇，缺憾还诸天地，是创格完人。"郑成功无愧是"感时仗节，移孝作忠"的一代典范。

虎门销烟，一生为国

林则徐（生于1785年8月30日），福建省侯官（今福州市区）人。字元抚，又字少穆、石麟，晚号俟村老人、俟村退叟、七十二峰退叟、瓶泉居士、栎社散人等。是中国清朝后期政治家、思想家。官至一品，曾任湖广总督、陕甘总督和云贵总督，两次受命钦差大臣；因其主张严禁鸦片、抵抗西方列强的侵略，在中国有"民族英雄"之誉。

林则徐家境寒苦，父亲是一名塾师。4岁时，由父亲携入塾中识字。林则徐八九岁时，曾写下"海到无涯天作岸，山登绝顶我为峰"。河南永城知县郑大模见林则徐文思敏捷，很是喜欢。14岁时林则徐考上秀才，郑大模即将女儿许给林则徐。进士门第的郑家千金，配上家境寒苦的林家秀才，这桩姻亲传为一时之佳话。后来林则徐到当时福建的最高学府——鳌峰书院读书，师从院长郑光策。郑是位敢于蔑视和珅、刚直不阿的教育家。在此林则徐的学业、情操大有长进。嘉庆九年（1804），林则徐中举，开始了五六年的幕僚生涯，他先为厦门海防同知书记，后为福建巡抚张师诚赏识，选为幕僚。张师诚以典章大政等政治学问及公事上的知识、权术一一传授，林则徐受益匪浅。

嘉庆十六年（1811），26岁的林则徐中进士，殿试高居第二甲第四名。嘉庆十八年五月初九（1813），入翰林院庶常馆任庶吉士。其后林则徐在翰林院度过七年岁月，被派往不同地方工作。林则徐为官清廉，不畏权势，行事果敢，不假情面，导致同僚的猜忌和嘲弄。道光元年（1821），林则徐借口父亲病重辞官归去。

道光三年正月初七（1823），因道光崇重，林则徐任江苏按察使。在任期间澄清江苏吏治，改革审判程序，亲自裁决案件。甚至黑夜潜行，明察暗访，验尸时亦亲自动手。短短在任四个月内，就把江苏的积压案件处理了十之八九，被江苏人民称颂为"林青天"。此间曾在江苏禁烟。道光七年1827）之后数年，林则徐作为"救火干部"，历任陕西按察使、代理布政使、江宁布政使、湖北布政使、河南布政使、东河河道总督、江苏巡抚，在农业、漕务、水利、救灾、吏治各方面政绩突出。

道光十七年（1837）正月，林则徐升湖广总督。面对湖北境内每到夏季大河常泛滥成灾的状况，林则徐采取有力措施，提出"修防兼重"，使"江汉数千里长堤，安澜普庆，并支河里堤，亦无一处漫口，"对保障江汉沿岸州县的生命财产，做出了不可磨灭的贡献。

道光十八年（1838），林则徐受命钦差大臣，赴广东禁烟，书写了中国近代史上最光辉的一段篇章。道光十九年正月（1839）林则徐抵广州，他一面加紧整顿海防，严拿烟贩；一面限令外国烟商交出鸦片。林则徐在给外国烟商的通知中说："若鸦片一日未绝，本大臣一日不回。"二月初四（3月19日），林则徐会同邓延桢等传讯十三行洋商，责令转交谕帖，命外国鸦片贩子限期缴烟，并具结保证今后永不夹带鸦片。他还严正声明："若鸦片一日不绝，本大人一日不回，誓与此事相始终，断无中止之理。"但外商拒绝交出。经过坚决的斗争，终于挫败了英国驻华商务监督义律和鸦片贩子，收缴全部鸦片，共收缴烟土 19 187 箱，又 2119 袋，总重量 1 188 127 公斤。于四月二十二日（6月3日）在虎门海滩上当众全部销毁。

历时 23 天的虎门销烟，在林则徐的指挥下，向全世界宣告了中华民族决不屈服于侵略的决心。虎门销烟，是人类历史上旷古未有的壮举，展示出中华民族无与伦比的伟大形象，是抗击外来侵略的胜利，维护了中华民族的尊严和利益，增长了中国人民的志气。

查禁鸦片期间，林则徐曾写下一副对联自警："海纳百川有容乃大，壁立千仞无欲则刚"。林则徐提倡的这种精神，令人钦敬，为后人之鉴。

林则徐将西方国家的"战船制造、火器制造和养兵练兵"作为探求军事变革的重要内容。禁烟期间，他组织官兵在东校场（今广东省人民体育场一带）学习演练西洋武器，学习西法练兵，抓紧训练官兵。1839 年下半年，清军取得九龙之役、川鼻官涌之役等反击战的胜利。然而，因为清廷软弱，第一次鸦片战争的局势越来越不利。道光二十年（1840）道光帝下旨斥责林则徐在广东"办理不善"，56 岁的林则徐作为"替罪羊"被贬至伊犁。

道光二十一年（1841），忍辱负重的林则徐踏上戍途。在古城西安与妻子告别时，林则徐写下了"苟利国家生死以，岂因祸福避趋之"。贬谪新疆期间。林则徐不顾年高体衰，从伊犁到新疆各地"西域遍行三万里"，实地勘察了南疆八城，加深了对西北边防重要性的认识。林则徐最早意识到沙俄对中国的威胁。他主张"屯田耕战"，有备无患。临终时林则徐还大声疾呼："终为中国患者，其俄罗斯乎! 吾老矣，君等当见之。"忠诚可鉴日月，识见震烁后人。

清廷后来又起用林则徐，道光二十五年（1845）开始，历调林则徐任陕甘总督、陕西巡抚、云贵总督、广西巡抚等。道光三十年（1850）清廷为进剿太平军作乱，再命他为钦差大臣，督理广西军务。可惜烈士暮年，11 月 22 日，林则徐死在赴任途中。死后清廷晋赠其太子太傅，照总督例赐恤，历任一切处分悉行开复，谥文忠。

林则徐还是中国近代"睁眼看世界的第一人"。他一生力抗西方入侵，但对于西方的文化、科技和贸易则持学习借鉴态度。他主持并组织翻译班子，翻译外国书刊，把外国人讲述中国的言论翻译成《华事夷言》，作为当时中国官吏的"参考消息"。为了解外国的军事、政治、经济情报，将英商主办的《广州周报》译成《澳门新闻报》。为了解西方的地理、历史、政治，较为系统地介绍世界各国的情况，又组织翻译了英国人慕瑞的《世界地理大全》，编为《四洲志》，还组织翻译瑞士法学家瓦特尔的《国际法》等一系列著作。他提出"师夷之长技以制夷"的主张，提出了为了改变军事技术的落后状态应该制炮造船的意见。林则徐在了解世界、研究西方方面带了头，成为中国近代传播西方文化、促进西学东渐的带头人。晚清思想家魏源将林则徐及幕僚翻译的文书合编为《海国图志》，此书对晚清的洋务运动乃至日本的明治维新都具有启发作用。

林则徐节操高尚。他有副对联："海纳百川，有容乃大；壁立千仞，无

欲则刚。"显示了他的胸怀。林则徐还为子孙留了一副对联："子孙若如我，留钱做什么? 贤而多财，则损其志；下子孙不如我，留钱做什么? 愚而多财，则增其过。"可见一位民族英雄的情操和见识。

晚清重臣，天地完人

　　曾国藩，生于 1811 年 11 月 26 日。初名子城，字伯涵，号涤生，出生于湖南长沙府湘乡县杨树坪（现属湖南省娄底市）。晚清重臣，湘军的创立者和统帅者。清朝战略家、政治家。晚清"中兴四大名臣"之一。官至两江总督、直隶总督、武英殿大学士，封一等毅勇侯，追赠太傅，谥曰文正。

　　曾国藩生于晚清一个地主家庭，自幼勤奋好学，6 岁入塾读书。道光十三年（1833）入县学为秀才。翌年就读于长沙岳麓书院，同年中举人。此后赴京会试，一再落榜。道光十八年，28 岁的曾国藩中进士，选为翰林院庶吉士，并成为军机大臣穆彰阿的得意门生。在京十多年间，累迁侍读、侍讲学士，文渊阁值阁事，内阁学士，稽察中书科事务，礼部侍郎及署兵部、工部、刑部、吏部侍郎等职，官居二品。

　　咸丰二年（1852），曾国藩因母丧丁忧在家。咸丰三年（1853）借着清政府急于寻求力量镇压太平天国的时机，他因势在其家乡建立了一支地方团练，称为湘勇。在团练湘勇期间，他严肃军纪，开辟新的军队——湘军。1854 年 2 月，湘军倾巢出动，曾国藩发表了《讨粤匪檄》，兵指太平天国。曾国藩知人善用，并以身作则遵守军纪，"行军以不扰民为本"，大军所到之处百姓皆"各行其是"。湘军在军事素质落后的清朝武装力量中成为与太平天国作战的主力之一，可谓挽大厦于将倾，延续了清廷的统治。曾国藩因此被封为一等毅勇侯，成为清代以文人而封武侯的第一人，后历任两江总督、直隶总督，官居一品。

　　曾国藩治军有方。湘军将帅廉勇，军纪严明，勇猛善战，所以威震天下。

由此战乱各省纷纷赴湖南募勇招兵，蔚然成风，后人有"天下无湘不成军"之说。

有人称，曾国藩是中国古代历史上的最后一人，近代历史上的第一人。的确，正是曾国藩大力推进了工业和教育的近代现代化进程。咸丰十一年（1861）8月，曾国藩在《复陈购买外洋船炮折》中提出："购买外洋船炮，则为今日救时之第一要务。"同年12月，在安庆创办内军械所，这是中国近代史上第一所兵工学堂，肇始中国近代高等教育。同治四年（1865）10月，在上海虹口，组织建成江南制造总局。同治六年（1867）3月，在江南制造总局下设造船所试制船舰。同时设立译书馆，第一批西方书籍在此翻译印刷，这不仅奠定了近代中国科技的基础，而且极大地开阔了中国人的眼界。翌年9月，江南造船厂试制的第一艘轮船驶至江宁，曾国藩登船试航，取名"恬吉"，这是中国第一艘轮船，开启了近代制造业的先河。同治十一年（1872）2月，领衔上奏，促请对"派遣留学生一事"尽快落实。并提出在美国设立"中国留学生事务所"，在上海设立幼童出洋肄业局，促成了第一批赴美留学生。这一举措为国家培养了大批栋梁之材，其中民国第一任总理唐绍仪、中国"铁路之父"詹天佑、清末外交部尚书（部长）梁敦彦、清华大学第一任校长唐国安等就是此中佼佼者。

曾国藩一生奉行程朱理学，一生以勤谨为要义。主张凡事要勤俭廉劳。注重修身律己，以德求官，礼治为先，以忠谋政。

曾国藩善于结交、网罗、培育、推荐和使用人才。他一生推荐过的下属有千人之多，官至总督巡抚者就有40多人。他们既有李鸿章、左宗棠、郭嵩焘、彭玉麟、李瀚章这样的谋略作战军需人才，也有像俞樾、李善兰、华蘅芳、徐寿等第一流的学者和科学家。李鸿章等更是以老师事之。

曾国藩一生著述颇多，影响最大，后人谈及曾国藩和左宗棠之区别：左宗棠只在办事，曾国藩还要加上教育。光绪五年（1879），传忠书局刻印了由李瀚章、李鸿章编校的《曾文正公家书》。曾国藩是理学家，在文学上继承桐城派方苞、姚鼐而自立风格，创立晚清古文的"湘乡派"，主张理、词章、考据三者并重，为文讲求声调铿锵，以包蕴不尽为能事；其深宏骏迈，能运以汉赋气象，故有一种雄奇瑰玮的意境，能一振桐城派枯淡之弊，为后世所赞。曾国藩选编了《经史百家杂钞》以作为文典范,清末及民初严复、林纾,以至谭嗣同、梁启超等均受他文风影响。

中国儒家传统讲修身、齐家、治国、平天下,对照曾国藩,庶几近之。古人又讲:立功(完成大事业)、立德(成为世人的精神楷模)、立言(为后人留下学说)为"三不朽",而真正能够实现者寥若晨星,曾国藩可算其中之一,对照其事功、道德、学业,真不愧为"中华千古一完人"。

曾国藩的精神是后人学习的楷模。用梁启超的话说,在同辈诸人中,曾国藩并非"超群绝伦之天才",甚至还算"钝拙",但他能够取得震古烁今、卓绝于众人的成就,就是因为他"一生得力在立志自拔于流俗,而困而知,而勉而行,历百千艰阻而不挫屈,不求近效,铢积寸累,受之以虚,将之以勤,植之以刚,贞之以恒,帅之以诚,勇猛精进,艰苦卓绝"。这就是曾国藩留给后人的实干精神。

千古奇人，以丐兴学

武训，行七，字蒙正，自号义学症，谥号义学正。山东省堂邑县（今冠县柳林镇）武庄人。中国近代群众办学的先驱者，享誉中外的贫民教育家、慈善家。靠着乞讨敛钱，经过三十多年的不懈努力，修建起了三处义学，购置学田三百余亩，积累办学资金达万贯之多，冯玉祥称他是"千古奇丐"。武训本无名，清廷为嘉奖其兴办教育之功，取"垂训于世"之意，赠名武训。

武训7岁丧父，乞讨为生，求学不得。14岁后，常离家当佣工，屡受欺侮，雇主因其文盲以假帐相欺，谎说3年工钱已支完。武训争辩，反被诬是"讹赖"，遭到毒打，气得口吐白沫，不食不语，病倒3日。吃尽文盲苦头，武训决心行乞兴学。

咸丰九年（1859），21岁的武训开始行乞集资。他手使铜勺，破衣烂衫，背个褡袋，边走边唱，四处乞讨，其足迹遍及山东、河北、河南、江苏等地。武训将讨得的较好衣食卖掉换钱，而自己只吃粗劣、发霉的食物和菜根、地瓜蒂等。武训机灵聪慧，顺口的歌谣张口即来，他边吃边唱："吃杂物，能当饭，省钱修个义学院。"他行乞的同时，还捡破烂、绩麻线，他唱道："拾线头，缠线蛋，一心修个义学院；缠线蛋，接线头，修个义学不犯愁。"他给人推磨拉碾时，就学着牲口叫声唱道："不用格拉不用套，不用干土垫磨道。"很讨赏。他还为人做媒红，当邮差，以获谢礼；他学江湖杂耍艺人，竖鼎、打车轮、锥刺身、刀破头、学蝎子爬、给人做马骑等，甚至吃蛇蝎、吞砖瓦，以获取赏钱；他装扮成小丑模样，将发辫剪掉，只留额角一根小辫，惹人给以施舍。只要能够化缘集资，不管脏累下贱，武训都乐意为之。

1868年，武训将分家所得的3亩地变卖，加上历年行乞积蓄，共210余吊，都交人代存生息，然后置田收租，先后在馆陶、堂邑、临清3县置地300余亩。他唱道："我积钱，我买田，修个义学为贫寒。"

光绪十四年（1888），整整三十年过去了，50岁的武训终于实现了自己的"伟大理想"。他花钱4000余吊，在柳林镇东门外建起第一所义学，取名"崇贤义塾"，这是中国近代史上第一个民办义务学校。武训跪请有学问的进士、举人任教，跪求贫寒人家送子上学。当年招生50余名，分蒙班和经班，不收学费，经费从武训置办的学田中支出。每逢开学时，武训先拜教师，次拜学生。置宴招待教师，请当地绅士相陪，而自己站立门外，专候磕头进菜，等宴罢吃些残渣剩羹即去。平时他也常来义塾探视，对勤于教事的塾师，叩跪感谢。有一次老师睡午觉睡过了头，学生在学堂内打闹，武七径直来到老师的房前，跪下高声唱道："先生睡觉，学生胡闹，我来跪求，一了百了。"对贪玩、不认真的学生，下跪泣劝："读书不用功，回家无脸见父兄。"在武训的感召下，义塾师生无不严守学规，努力上进，很多人学有所成。

光绪十六年（1890），武训资助了证和尚230吊钱，又在今属临清市的杨二庄兴办了第二所义学。光绪二十二年（1896），武训又靠行乞积蓄，并求得临清官绅资助，用资3000吊于临清御史巷办起第三所义学，取名"御史巷义塾"（今山东临清"武训实验小学"）。有人劝他娶妻，他唱道："不娶妻，不生子，修个义学才无私。"武训一生不娶妻、不置家，以免为妻室所累。兄长亲友求他资助，他唱道："不顾亲，不顾故，义学我修好几处。"

山东巡抚张曜闻知武训义行，特下示召见，并下令免征义学田钱粮和徭役，另捐银200两，并奏请光绪帝颁以"乐善好施"匾额。清廷授以"义学正"名号，赏穿黄马褂。

光绪二十二年（1896）四月二十三日，武训病逝于御史巷义塾。据《清史稿》记载，"（武训）病革，闻诸生诵读声，犹张目而笑"。就这样，一代义丐——武训在学童们朗朗的读书声中含笑辞世，享年59岁。出殡当日，师生哭声震天，堂邑、馆陶、临清三县官绅全体执绋送殡，多达万人。10年后，清廷将其业绩宣付国史馆立传，并为其修墓、建祠、立碑。

在几乎同时代的欧洲，有个叫菲斯泰洛奇的人，他与武训相似。菲斯

泰洛奇出生在当时还很贫穷落后的瑞士。他的祖父曾经是一位传教士，这让他从小就懂得如何用真诚、善良的心去无私地爱人们。他一生都在教会孤儿院工作。他自述道："我一直充当一位受冷落的、意志薄弱的初级教师，推着一辆只载着一些基本常识书籍的、空荡荡的独轮车，却意外地投身一项事业，包括创办一所孤儿院、一所教师学院和一所寄宿学校。做这些事情的第一年就需要一大笔钱，可是即使是这笔钱的十分之一，我也难以弄到。"这位像乞丐一样的菲斯泰洛奇，经过毕生的努力，使得平民教育最终在瑞士得到普及。教育上的成功使得这个贫穷落后的山地小国，在 18 世纪末 19 世纪初成为欧洲一流的教育超级大国。后来西方称菲斯泰洛奇为"教圣"。

武训的努力和精神虽然没有像菲斯泰洛奇那样星火燎原，影响深远，但在当时也是蔚然成风。当时中国是个有着四万万人口的大国，而且是个穷国，文盲比例非常高。教育能否普及兴盛是一件关乎国运的大事。武训办学让义务学堂的大门向所有人敞开，这是一次在下层百姓中普及教育的伟大尝试，是一次下层百姓实现教育救国理想的伟大尝试。武训的兴学活动反映了旧中国下层民众朴素的改良意愿，体现了中国民众当中强烈的同情心和发愤图强的精神。

百科全书，文化巨擘

梁启超（生于 1873 年），字卓如，一字任甫，号任公，又号饮冰室主人、饮冰子、哀时客、中国之新民、自由斋主人。广东新会人士，清光绪举人，倡导变法维新，与其师康有为并称"康梁"，是戊戌变法（百日维新）领袖之一、中国近代维新派代表人物。

梁启超自幼聪颖。清光绪十五年（1889），17 岁的梁启超参加广东乡试，中第八名举人。主考官李端棻，爱其年少才高，将堂妹李惠仙许配与他。李惠仙长于北京的官宦之家，而此时的梁启超只是个贫寒举子，但其卓越的才华已经崭露头角，名声鹊起。

梁启超是近代维新派的文化思想大家。他倡导文体改良的"诗界革命"和"小说界革命"，其散文影响尤其巨大。梁启超的文章风格世称"新文体"，这种明快富有气势的文体成为五四以前最受欢迎、模仿者最多的文体。梁启超文思泉涌，一泻汪洋，且写作甚勤。他的一生，在将近 36 年的治学生涯中又被政治活动占去大量时间的情况下，每年平均写作 39 万字，累计著述 1400 多万字，数量惊人。梁启超的文字具有强大的鼓动性和创造性。晚清诗人黄遵宪评价梁文："惊心动魄，一字千金，人人笔下所无，却为人人意中所有，虽铁石人亦应感动。从古至今，文字之力之大，无过于此者矣。"近代著名学者郭湛波说梁之所以在影响上超过康有为、谭嗣同诸人，就在于其"文笔生动，宣传力大"。梁启超善于在文学理论、文化思想甚至名词

上学习借鉴西方，如他第一个在文章中使用"中华民族"一词，并从日文汉字中吸收了经济、组织、干部等诸多新词。

梁启超是近代卓越的政治活动家、宣传鼓动家。1895年春，梁启超赴京会试，协助康有为，发动在京应试举人联名请愿的"公车上书"。期间，梁启超曾主持北京《万国公报》（后改名《中外纪闻》）和上海《时务报》，又赴澳门筹办《知新报》。他的许多政论在社会上有很大影响。1897年，任长沙时务学堂总教习，在湖南宣传变法思想。1898年回京参加"百日维新"。7月，受光绪帝召见，负责办理京师大学堂译书局事务。9月政变发生，梁启超逃亡日本，一度与孙中山为首的革命派有过接触。在日期间，先后创办《清议报》和《新民丛报》，鼓吹改良，反对革命。同时也大量介绍西方社会政治学说。

武昌起义爆发后，梁启超力促革命派与清政府妥协。民国初年支持袁世凯，将民主党与共和党、统一党合并，改建进步党。1913年，进步党"第一流人才内阁"成立，梁启超出任司法总长。

1915年底，袁世凯称帝之心日益暴露，梁启超反对袁氏称帝，与蔡锷策划武力反袁。1916年，梁启超赴两广地区参加反袁斗争。袁世凯死后，梁启超出任段祺瑞北洋政府财政总长兼盐务总署督办。1917年11月，段内阁被迫下台，梁启超也随之辞职，从此退出政坛。

梁启超被公认为是清朝最优秀的学者，中国历史上的一位百科全书式人物，而且是一位能在退出政治舞台后仍在学术研究上取得巨大成就的少有人物。他曾执教清华国学院，为"四导师"之一。梁启超于学术研究涉猎广泛，在哲学、文学、史学、经学、法学、伦理学、宗教学、目录学等领域，均有建树，以史学研究成绩最显著。1901至1902年，先后撰写了《中国史叙论》和《新史学》，批判封建史学，发动"史学革命"。

1918年底，梁启超赴欧，了解到西方社会的许多问题和弊端。欧游归来之后，即宣扬西方文明已经破产，主张光大传统文化，用东方的"固有文明"来"拯救世界",并从此致力于文化教育和学术研究活动。研究重点为先秦诸子、清代学术、史学和佛学。指导范围为"诸子"、"中国佛学史"、"宋元明学术史"、"清代学术史"、"中国文学"、"中国哲学史"、"中国史"、"史学研究法"、"儒家哲学"、"东西交流史"等。这期间著有《清代学术概论》、《墨子学案》、《中国历史研究法》、《中国近三百年学术史》、《情圣杜甫》、《屈原研究》、《先秦政治思想史》、《中国文化史》、《变法通议》等。

梁启超有多种作品集行世,1936年9月11日出版《饮冰室合集》,该集计148卷,1000余万字。

梁启超为人率真与诚恳。梁是康有为的学生、信徒、助手,但后来分道扬镳;梁与孙中山合作过,也对立过;他拥护过袁世凯,也反对过袁世凯。对此,梁启超说,"这决不是什么意气之争,或争权夺利的问题,而是我的中心思想和一贯主张决定的。我的中心思想是什么呢?就是爱国。我的一贯主张是什么呢?就是救国。""知我罪我,让天下后世评说,我梁启超就是这样一个人而已。"

袁世凯积极恢复封建帝制,梁启超拒绝袁的重金收买,发表势大力沉、字字千钧的《异哉所谓国体问题者》,予以揭露和抨击。

1926年3月8日,梁启超因尿血症入住协和医院,被误诊右肾有肿块,后来导致健康的右肾被摘除,严重影响了晚年健康。因为梁名气甚大,一时舆论哗然,嘲讽西医"拿病人当实验品,或当标本看",世称"梁启超被西医割错腰子"案。梁忍着病痛,在《晨报》上发表《我的病与协和医院》,公开为协和医院辩护,并申明:"我盼望社会上,别要借我这回病为口实,生出一种反动的怪论,为中国医学前途进步之障碍。"以上诸般可见梁的真诚与宽容。

梁启超是中国近代思想文化的巨擘,其一生成败得失皆有之。用著名学者萧公权的评价来作结束:"终其一生,悉于国耻世变中度过,蒿目忧心,不能自已。故自少壮以迄于病死,始终以救国新民之责自任。享年虽仅五十

有七，而其生活则云变波折，与清末民初之时局相响应。"梁启超以"善变"闻名于世。从戊戌年的变法开始，到庚子勤王，再到创办《新民丛报》，宣传"新民"思想，为开启民智鼓与呼。辛亥革命后，他回国参与政治，两次讨伐复辟，再造共和。他继承了晚清思想中儒家经世致用的传统，并将这一传统转变成新的人格和社会理想，在不断的"变"里，其宗旨和目的始终不变，"其方法虽变，然其所以爱国者未尝变也"。